古典文獻研究輯刊

五　編

潘美月・杜潔祥　主編

第 27 冊

《說文古籀補》研究（下）

林　葉　連　著

國家圖書館出版品預行編目資料

《說文古籀補》研究（下）／林葉連著 -- 初版 -- 台北縣永和市：
花木蘭文化出版社，2007〔民96〕

目 6+172 面；19×26 公分（古典文獻研究輯刊 五編；第 27 冊）

ISBN：978-986-6831-45-4（全套精裝）
ISBN：978-986-6831-72-0（精裝）
1. 字書　2. 研究考訂
802.257　　　　　　　　　　　　　　　　　96017726

ISBN - 978-986-6831-72-0

9 789866 831720

古典文獻研究輯刊
五 編 第二七冊　　　　　　ISBN：978-986-6831-72-0

《說文古籀補》研究（下）

作　　者　林葉連
主　　編　潘美月　杜潔祥
企劃出版　北京大學文化資源研究中心
出　　版　花木蘭文化出版社
發 行 所　花木蘭文化出版社
發 行 人　高小娟
聯絡地址　台北縣永和市中正路五九五號七樓之三
　　　　　電話：02-2923-1455／傳眞：02-2923-1452
電子信箱　sut81518@ms59.hinet.net
初　　版　2007 年 9 月
定　　價　五編 30 冊（精裝）新台幣 46,500 元　　　　版權所有・請勿翻印

《說文古籀補》研究（下）

林葉連　著

目

錄

第六章　所引器物研究

　　《說文古籀補》所收之字體，其來源甚多，《愙齋》所見七國以前古器物之有文字者，莫不悉予探錄。

　　容庚、張維持合著《殷周青銅器通論》，將彝器分爲五部十一門五十類，其分部如下：

食器部

　　一、烹飪器門：鼎類、鬲類、甗類。

　　二、盛食器門：簋類、簠類、盨類、敦類、豆類、盧類。

　　三、挹取器門：匕類。

　　四、切肉器門：俎類。

酒器部

　　一、煮酒器門：爵類、角類、斝類、盉類、鐎類。

　　二、盛酒器門：尊類、鳥獸尊類、觥類、方彝類、卣類、罍類、壺類、瓶類、
　　　　　　　　　罐類、缶類、罐類、卮類、皿類、區類。

　　三、飲酒器門：觚類、觶類、杯類。

　　四、挹注器門：勺類。

　　五、盛尊器門：禁類。

水器部

　　一、盛水器門：盤類、匜類、鑑類、盂類、盆類、釜類。

　　二、挹水器門：斗類、盌類、鋗類。

樂器部

　　鉦類、鐘類、鐸類、鈴類、錞于類、鼓類。

　　愙齋於器物之命名歸屬，間有未當之處，如誤稱盨曰敦、曰彝，誤稱盧曰簋，誤稱方彝曰尊，誤稱鉦曰鐸，逐一正名之後，核諸容庚之彝器門類表，《古籀補》所收彝器計三十二類。（上表中，上加。者，乃《古籀補》未收之彝器。）此外，尚有兵器、雜器（如周龍節）、石鼓文、錢幣、古陶、古鉢。金文字典所採之重要彝器略備於斯矣。愙齋本欲採集上古先秦文字以補《說文》古籀之不足，而非編輯所謂金文字典，故其兼採石鼓、錢幣、古陶、古鉢；以其編輯旨趣衡之，實無可厚非。羅振玉《說文古籀補‧跋》云：「中丞（指愙齋）既備采古禮器文字，復益以古貨幣、古匋璽，然稽其時代雖均屬先秦，而論其書體，則因所施而各異，文多省變，可識者寡。今考證古籀，宜專采之彝器；貨幣匋璽宜為別錄」。若編纂「金文字典」，必循羅氏此言，以免駁雜無統；然纂集古文字於一篇，條分類別及流變之脈絡如《漢語古文字字形表》、《古文字類編》等，則以《古籀補》為其遠祖矣。

　　自宋以來，鐘鼎彝器之文始見著錄，然呂薛之書，傳寫覆刻，多失本眞。清乾隆以降，士大夫詁經之學，兼及鐘鼎彝器款識，考文辨俗，引義博文，多本經說；援甲證乙，眞贋鬚然，愙齋於《古籀補‧自敍》云：「大澂篤耆古文，童而習之，積30 年搜羅不倦。豐歧京洛之野，足跡所經，地不愛寶，又獲交當代博物君子，擴我見聞，相與折衷，以求其是。師友所遺拓墨片紙，珍若球圖，研精究微，辨及瘢肘。」其蒐羅之勤劬，超越等倫。合以兵器，《古籀補》一書約採錄八百七十器（已去其同器異名之複重者），皆為其親覩拓片。《古籀補‧凡例》曰：「所編之字，皆據墨拓原本，去僞存眞，手自摹寫，以免舛誤。至博古、考古圖及薛氏、阮氏、吳氏之書，未見拓本者，概不采入。」其審愼如此，故而《古籀補》所引之彝器，多為容庚《金文編》所襲用。

第一節　彝器命名之商榷

　　愙齋既網羅古器古字，然其時吉金器物之學未甚發達，命名釋字固不如今日之確當，披荊斬棘之苦千百倍於今人。《古籀補》之凡例云：「所引古器名，有釋字未當，姑仍舊名者，如戎都鼎，家德氏壺、齊太僕歸父盤，录伯戎敦之類是也。有舊釋所誤，更易今名者，如鐘文通录康虔，以為祿康鐘則不文也；齊侯罍當為壺，其器本非罍也；龍虎節之改為龍節，其制本非龍虎也；易無專為鄟惠，董武為動武，皆此類也，其不可識之字，則以原篆文標其名。」彝器之命名，經愙齋更正一過，

仍有明知不妥而不得不姑且用此名者，時勢使然。茲將《古籀補》全書器名不當者逐一修正。

一、誤稱簋曰敦、曰彝

金文中之、、、、![字](匀伯毀）當隸定爲毀、簋。《說文》：「黍稷方器也。」《周禮・舍人》鄭注：「圓曰簋」即此。又金文![字]（齊侯敦）字當隸定爲臺，孳乳爲器名之敦。銘文中，簋、敦之別顯然，愙齋將此兩字混而爲一敦字，是其誤也。《古籀補》中所引敦器，多數屬簋，少數屬敦。就其實物而言，敦簋之用相同，皆盛黍稷之器。馬衡《凡將齋金石叢稿》曰：「敦爲盛黍稷之器。其制似盂。或斂口，或侈口。下有圈底，或綴三足，或連方座。旁有兩大耳（耳或下垂如珥）。上有蓋，是謂之會。蓋亦有圈，却之可以爲足。」容庚《商周彝器通考》云：「簋，圓腹圈足，用盛黍稷稻粱。」又云：「敦，體圓如球狀，或有足，或無足。」未可混同爲一。

自《博古圖》以來，所謂彝者，實亦敦、簋也。王靜安曰：「《博古圖》始以似敦而小者爲彝，謂爲古代盛明水及鬱鬯之器。……其後金文家及圖錄家均從其說。曩竊疑諸家所謂彝之形制，與尊壺卣等絕不類，當爲盛黍稷之器，而非盛酒之器，……凡彝皆敦也。第世所謂彝，以商器爲多，而敦則大半周器；蓋商敦恆小，周敦恆大，世以其大小不同，加以異名耳。」（〈古禮器略說〉）是以《古籀補》中所採之彝，當名之曰簋、曰敦。

二、誤稱盨曰簋

金文中之![字]（鄭義姜父盨）、![字]（項變盨）、![字]（鄭井弔盨）、![字]（剠弔盨）當隸定爲盨，愙齋皆隸定爲簋，誤。容庚云：「盨，長方而圓其角，其用與簋略同。」〔註1〕。是《古籀補》中凡言某某簋者，皆當作某盨。

三、稱方彝曰尊

方彝與尊同屬盛酒器，尊狀如圓柱，侈口與足。方彝方而有蓋，兩者有別。是以《古籀補》頁29之吳尊、頁164之吳方尊，頁248之![字]方尊，頁284之![字]作父辛尊……等，當改爲方彝。

〔註1〕容庚：《商周彝器通考》，（燕京大學出版），頁21。

四、其他因隸定而誤者

器　　名	頁碼	訂　　正	器　　名	頁碼	訂　　正
郳公望鐘	223	硜	鼻敦	316	(字)簋
僕兒鐘	223	(字)	子抱孫父丁敦	301	保父丁簋
姑馮句鑃	195	(字)	畧作妣敦	195	辠簋
手執干形鼎	31	離鼎	穗敦	117	(字)簋
舉父丙鼎	238	(字)	王作妣(字)彝	195	又
揚鼎	194	狻	伯致敦	84	到
土彝	318	(字)鼎	朕敦	301	陜簋
羆氏鼎	161	嬴	李敝敦	279	季敝簋
袁作父癸鼎	140	(字)	仲五父敦	235	网，簋
木主鼎	115	工	然虎敦	161	賸，簋
子孫作婦姑鼎	194	子黽形	伯(字)敦	32	芳簋
侯生鼎	82	厇	舍叔敦	81	(字)，簋
包君鼎	111	(字)	魯太僕原父敦	243	宰，簋
彥鼎	149	斉	鄧公子敦	101	復，簋
戎都鼎	203	(字)者	王伐郪侯敦	223	(字)，簋
師嚣父鼎	31	咢	伐郪彝	138	伐(字)簋
季貞鬲	42	眞	公姐敦	165	唎簋
鄭(字)伯作叔䢅鬲	130	(字)	霻敦	61	遜簋
姬鋌母鬲	18	趑	師舍敦	141	害簋
艾伯鬲	166	榮	使夷敦	164	(字)簋
突甗	124	守	高伯廚敦	110	韋，簋
魯輔甗	53	(字)	庞姞敦	212	蔡，簋

器名	頁碼	訂正	器名	頁碼	訂正
鼄君簠	68	𤯍	遂末簠	225	𤔲末
畱君簠	142	畱	嘉母卣	73	勃女
史克盨	68	𤔲盨	父辛孫卣	207	黽形
周貉簋	156	貉盨	匕鬯父癸卣	241	刀俎形
舉戉父爵	239	𢆶	子孫父癸卣	241	子黽形
乃乙爵	317	姚	客作姚卣	252	乓
子壬乙辛爵	240	𤔲，酉	子孫父己卣	242	𤕌人
作乃父爵	248	乓	咎作父癸卣	136	俗
魯侯作鬱鬯爵	79	𤯍	愁仲狂卣	240	盨
召夫角	317	𤔲	皐伯卣	305	𤔲
丁未伐商角	31	𤔲	庚羆卣	195	嬴
包君盉	194	𤔲	韓仲侈壺	136	𤔲，多
穗尊	117	𤯍	欽罍	69	𤔲
伯夐尊	161	𤔲	齊太僕歸父盤	11	宰
郘季尊	100	嬴	寰盤	12	袁
王壬父丁尊	51	𤯍	晉公盦	117	盨
叔尊	200	受	師歸戈	19	自𤔲
申父癸觚	246	𤯍	羊子之鞛戈	21	羊

五、摹寫未完或割裂文字而誤

器名	頁碼	訂正	器名	頁碼	訂正
伯貞作旅車甗	231	簋	𤔲卣	201	𤕌
冊乙罍	238	𤔲	作車寶彝卣蓋	230	簋
𤔲尊	235	𤔲尊	女歸卣	192	婦聿𤔲
𤔲尊	201	𤕌			

六、引用同器而異其名，使人誤以爲多器：

器　　　名	頁　　碼	近人命名
〔圖〕鐘	305	近人不錄，吳式芬作啟鐘。
啟鐘	227	
己侯鐘	227	容庚作己侯鐘。
紀侯鐘	209	
魯邍鐘	28	容庚作魯邍鐘。
魯原鐘	226	
通彔鐘	138	容庚作通彔鐘。
通录康虔鐘	153	
虘鐘	174	容庚作虘鐘。
己伯鐘	24	
寶琹鐘	138	容庚作士父鐘。
叔氏寶琹鐘	226	
叔氏寶林鐘	153	
虢叔鐘	114	羅福頤作虢叔鐘。
某氏虢叔鐘	202	
某氏虢叔編鐘	202	
虢叔編鐘	195	
齊鎛	140	容庚作齊侯鎛。
齊侯鎛	56	
〔圖〕鼎	213	容庚作〔圖〕鼎。
增鼎	219	
旁屖鼎	249	羅福作〔圖〕攼鼎。
旁肇鼎	2	
旁肇尊	49	
〔圖〕鼎	93	羅福頤作無臬鼎。
〔圖〕鼎	79	
康侯鼎	247	容庚作康侯鼎。
康侯封鼎	218	

母癸鼎	262	羅福頤作母癸鼎。
亞形母癸鼎	195	
召王鼎	15	容庚作邵王鼎。
邵王鼎	269	
夜君鼎	93	羅福頤作埇夜君鼎。
庸夜君鼎	14	
堇臤鼎	219	羅福頤作𡞎臨鼎。
臤𢊈鼎	48	
且丁父癸鼎	248	羅福頤作帝己鼎。
▼己且丁父癸鼎	2	
趥敦	19	羅福頤作「趥作文父戊鼎」。
趥鼎	150	
郏討鼎	242	羅福頤作黿試鼎。
郏𤔲鼎	182	
杞伯鼎	115	容庚作杞伯鼎。
杞伯敏父鼎	6	
遅伯鼎	26	容庚作犀伯鼎。
犀伯魚父鼎	184	
大梁鼎	91	容庚作大梁鼎。
梁司寇鼎	235	
乙亥鼎（A）	312	容庚作小子射鼎。
小子射鼎	81	
乙亥鼎（B）	31	容庚作乙亥鼎。
乙亥方鼎	22	
召伯父辛鼎	168	容庚作審鼎。
匡侯作召伯鼎	15	
刺鼎	13	容庚作刺鼎。
邵鼎	151	
析子孫父丁鬲	300	羅福頤作父丁鬲。
𠂤子孫父丁鬲	242	
鄭叔蒦父鬲	244	羅福頤作鄭井叔蒦父鬲。
叔蒦父鬲	58	

叔帶鬲	41	羅福頤作鄭🦋伯鬲。
鄭🦋伯作叔帶薦鬲	159	
鄭🦋伯作叔帶鬲	130	
鄭🦋伯鬲	290	
魯伯愈鬲	56	容庚作魯伯鬲。
魯伯愈父鬲	170	
魯伯愈父作邾姬		
媵羞鬲	244	
召仲鬲	15	容庚作召仲鬲。
召仲作生姚鬲	195	
虢仲鬲	41	容庚作虢仲鬲。
虢仲作虢妃鬲	194	
突甗	124	羅福頤作守甗。
🦋甗	214	
冀妊甗	291	容庚作冀妊甗。
冀妊殘甗	194	
伯貞甗	160	羅福頤作伯貞甗。
伯貞作旅車甗	231	
立戈父丁敦	239	容庚作戈父丁簋。
立戈父丁彝	43	
王作敦	213	羅福頤作王作又彝。
王作姚𣪘彝	195	
王作𣪘	115	
霸姞敦	112	容庚作霸姞簋。有二器，見《小校》七、三一。
霸女彝	112	
中義敦	79	容庚作仲義昜簋。
中義彝	214	
召王敦	15	容庚作邵王簋。
邵王敦	279	
史棄敦	219	容庚作史棄簋。
史棄彝	144	

中敦	213	容庚作仲簋。
仲敦	117	
虩旨妊敦	244	容庚作虩旨妊簋
旨妊敦	44	
伯喬父敦	242	羅福頤作伯喬父敢。
伯喬父敦	80	
紀侯敦	209	容庚作己侯簋
己侯敦	242	
𣝔𤯔母敦	296	容庚作妶𤯔母簋。
南旁敦	195	
杞伯敦	88	容庚作杞伯簋
杞伯敏父敦	102	
王姞敦	97	羅福頤作𤲬侯敢。
𤲬侯作王姞敦	237	
十月敦	112	容庚作乙簋。
十月彝	214	
辛子敦	31	羅福頤作鄉彝。
亞形辛子敦	95	
格伯敦（A）	109	容庚作「格伯作晉姬簋」。
晉姬敦	121	
格伯作晉姬敦	206	
虢季氏子組敦	211	容庚作虢季氏簋。
虢季氏敦	243	
且庚乃孫敦	276	容庚作且日庚簋。
且日庚乃孫敦	92	
王伐鄅侯敦	223	容庚作禽簋。
伐鄅彝	138	
師薳敦	23	羅福頤作師薳父敢。
師薳父敦	243	
太保敦	21	容庚作大保簋。
王伐彔子敦	133	

白廚敦	83	羅福頤作*亯*伯殷。
高伯廚敦	110	
亯伯廚敦	154	
尹叔敦	44	容庚作蔡姞簋。
厖姞敦	212	
畢仲敦	167	容庚作段簋。
畢仲孫子敦	245	
虢叔簋（A）	138	羅福頤作虢叔簋。
虢叔作殷叔穀簋	68	
季良簋	97	羅福頤作季*黽*父簋。
季良父簋	193	
郜公簋	36	羅福頤作*祜*公簋。
郜公緘簋	68	
瑣緣簋	68	羅福頤作*緣燮*簋（盨）。
瑣緣簋	158	
叔班簋	68	羅福頤作弨叔簋（盨）。
*佢*叔作叔班簋	303	
遲敦	26	容庚作遲盨。
遲簋	192	
且庚爵	287	羅福頤作*屮*祖*米*爵。
*屮*且庚爵	240	
父丙爵	238	容庚作*樂*父丙爵。
*樂*父丙爵	238	
父戊爵（A）	281	容庚作*屮*父戊爵。
*屮*父戊爵	239	
*貝*戊父爵	300	容庚作*貝*戊父爵。
舉戊父爵	239	
畕父辛爵	2	容庚作畕父辛爵。
父辛爵（D）	317	
舉咤爵	17	羅福頤作*貝攴*父乙爵。
舉咤父乙爵	301	
癸罕爵	287	容庚作癸叟爵。
癸罕作考戊爵	239	

鹿爵	248	羅福頤作[⿱]爵。
[⿰]爵	287	
子[⿱]爵	家刊〈附錄〉21	容庚作子[⿱]爵。
子爵（B）	乙未〈附錄〉316	
且辛爵	165	容庚作且辛爵。
螯作祖辛爵	229	
魯侯角	3	容庚作魯侯爵，改角爲爵。
魯侯作[⿰]角	79	
索諆角	122	羅福頤作[⿰]諆角。
日辛角	115	
[⿰]作父丁盉	291	容庚作戈[⿰]盉。
立戈父丁盉	214	
[⿰]王盉	76	容庚作[⿰]王盉。
[⿰]王盉	156	
伯[⿰]盉	76	容庚作伯[⿱]盉。
[⿰][⿰]盉	306	
亞形尊	19	容庚作亞中此尊。
亞形姚尊	195	
父壬尊	143	容庚作舟父壬尊。
舟形父壬尊	241	
朕作父癸觶	242	容庚作朕尊。
父癸尊	143	
伯戔尊	161	容庚作[⿰]尊。
伯寮尊	161	
仲柬尊	305	容庚作仲弗尊。《三代》無。
中叔尊	230	
亞[⿰]作且丁尊	284	羅福頤作亞祖丁尊。
[⿰]作且丁尊	213	
魚作父己尊	134	容庚作「魚作父己尊」。
魚父己尊	184	
旁尊	2	容庚作周[⿰]旁尊。
[⿰]旁尊	283	

傳尊	135	容庚作傳尊。
傳作父戊尊	239	
王田尊	304	容庚作♙尊。
王主父丁尊	51	
格仲尊	150	容庚作𣂪尊。
格中尊	224	
且乙觚	238	容庚作且乙觚。
孫且乙觚	207	
父乙觚	155	羅福頤作父乙豕觚。
父乙子豕觚	242	
父戊觚	190	容、羅無。吳式芬作招觚。
招觚	249	
且辛觶	214	容庚作「作且辛觶」。
析子孫且辛觶	289	
龍山父戊觶	43	羅福頤作子父戊觶。
子作父戊觶	153	
（方尊）	34	羅福頤作每𩰠尊。
母𩰠諸婦方尊	283	
𨻲方尊	248	羅福頤作𨻲父辛彝。
𨻲作父辛尊	284	
吳尊	29	容庚作吳方彝。
吳方尊	164	
且乙卣	238	容庚作且乙卣。
子執旂且乙卣	242	
析子孫父丁卣	300	羅福頤作析子孫父丁卣。
鼎子孫父丁卣	207	
父庚卣	118	容庚作家戈父庚卣。
家立戈父庚卣	240	
𪩘卣	201	羅福頤作𣂪卣。
𣂪卣	213	
且乙父己卣	301	容庚作亞中祖乙父己卣。
亞形祖乙卣	229	

祖己父辛卣	229	容庚作祖己父辛卣。
⊕父辛卣	240	
寠卣	61	羅福頤作寠卣。
寠卣	248	
（卣文（D））	285	羅福頤作旅卣。
嚢卣	248	
丼季嬰卣	160	容庚作丼季卣。
丼季卣	111	
父丁卣	213	羅福頤作戠父丁卣。
立戈父丁卣	230	
凶卣	249	容庚作凶卣。
父己卣（D）	285	
枇伯卣	64	羅福頤作枇伯卣。
枇伯罰卣	184	
伯寰卣	55	羅福頤作伯貕卣。
伯寰卣	135	
伯寰作姚室卣	195	
日辛卣	141	容庚作盤仲卣。
瑟中狂卣	213	
瑟仲狂卣	240	
瑟中狂卣	160	
豚敦	213	容庚作豚卣。《愙齋》作敦，誤。
豚作父庚敦	240	
叉卣	150	容庚作叉卣。
公姞卣	193	
伯壺	165	容庚作伯壺。
伯作姬龠壺	145	
禹妣壺	165	羅福頤作禹姬壺。
太姬壺	193	
仲侈壺	114	羅福頤作斜仲壺。
韓仲侈壺	136	

杞伯敏父壺	196	容庚作杞伯壺。
杞伯敏父盨	77	
叔妊盤	297	容庚作薛侯盤。
辥侯盤	56	
多父敦	59	容庚作𩵋弔多父盤。《三代》無。
多父盤	2	
𩵋叔多父盤	294	
兮伯盤	112	羅福頤作兮⊞盤。
兮田盤	244	
黃仲匜	204	容庚作黃仲匜。
黃中匜	221	
竆匜	120	容庚作周竆匜。
周竆匜	124	
王婦匜	56	容庚作王婦匜。
王婦𠀠孟姜匜	240	
陳子子作匋孟嬀		容庚作陳子子匜。
穀女匜	243	
陳子子匜	192	
鉼金	311	方濬益、福目作郢金鈑。
郢爰鉼金	101	
𢀣𣂤鉼金	家刊本附錄 34	
王子申盞蓋	92	容庚作王子申盞盂。
王子申盞蓋	56	
王子申盞盂	242	
子禾子釜	137	
陳子禾子釜	34	容庚作子禾子釜。
左關鋘	69	羅福頤作左關鋘。
左關之鋘	228	
龍節	98	容庚作龍節。羅福頤作王命車鍵。
周龍節	311	

陳▨▨戈	家刊本〈附錄〉33	羅福頤作陳▨戈。
陳▨節戈	199	
陳▨節戈	199	羅福頤作陳口戈。
陳▨▨戈	308	
▨▨戈	308	羅福頤作高口戈。
高▨▨戈	21	
（戈文（F））	309	羅福頤作長畫戈。
▨畫戈	155	
▨自戈	199	羅福頤作▦自戈。
師▨戈	19	
陳丽戈	160	羅福頤作陳▨子戈。
陳▨子戈	22	
羊子戈	家刊本〈附錄〉33	容庚作羊子戈。
羊子之艁戈	21	
梁伯戈	152	容庚作梁伯戈。
鬼方戈	216	
吳季子之子劍	64	容庚作吳季子之子劍。
吳季子之子逞之		
永用劍	164	
邵大叔斧	230	羅福頤作邵大未斧。
邵大叔賁車之斧	229	
齊刀	155	
齊建邦刀	268	
北征葡		
北征葦葡		

　　以上所附近人之命名，以容庚為主，若羅福頤隸定不同，則引以取代容氏，因羅氏隸定審慎，足資參考。

七、異器而同名，使人誤以爲引用同器

古籀補命名	頁　碼	近　人　命　名
楚　公　鐘	120	楚公鐘，銘 14 字，又 16 字。
	245	楚公鐘，銘 36 字，殆僞器。
父　辛　鼎	304	三代作豆父辛鼎。
	240	三代作殺人形父辛鼎。
父　己　鼎	304	秭父己鼎（吳式芬説，《金文編》無）。
	115	作父己鼎（容庚説）。
乙　亥　鼎	312	小子射鼎。
		乙亥鼎。
克　　　鼎	23	善夫克鼎（容庚説）。
	45	克鼎（容庚説）。
乙　亥　敦	312	𪊽且丁𣪘（羅福頤説）。
	310	史�篹（羅福頤説）。
格　伯　敦	109	格伯作晉姬簋。
	64	格伯簋。
虢　叔　簠	138	虢尗作尗殷𣪚簠。
	75	虢尗簠。
子　　　爵	242	子爵。
	316	子丁爵。
父　丁　爵	43	父丁爵
	288	𣪚爵。
父　辛　爵	240	父辛爵。
	288	団父辛爵。
	46	三代作史父辛爵。《金文編》無。
	317	畾父辛爵。
	287	𩰬父辛爵。
父　戊　爵	287	𩰬父戊爵。
	287	𩰬父戊爵。
父　乙　角	233	陸父乙角
	54	父乙爻角。

父　辛　尊	283	〔圖〕父辛尊。
	44	敱壺，《愙齋》誤壺爲尊。
父　辛　觶	59	羊父辛觶。
	143	亞父辛觶。（羅福頤說）。
	289	〔圖〕父辛觶。
父　乙　卣	29	冊父乙卣。
	284	〔圖〕父乙卣。
	288	〔圖〕父乙卣。
父　己　卣	262	受父己卣。
	318	三代作酉父己卣，《金文編》無。
	285	〔圖〕卣。
	285	〔圖〕卣。
父　辛　卣	249	作父辛卣。
	302	〔圖〕旨卣。
		作冊口卣。

八、或未將彝器命名，使人不知所指何器。此類彝銘多簡短不成文句，或隸定不易，故爾。

（　鐸　文　）	262	婼鉦（容庚說）或嬬鐃（羅福頤說）。
	262	受鐃。《金文編》無。
（　鼎　文　）	244	羞鼎。
	270	羣鼎。
	269	〔圖〕鼎。
		各鼎，或作各鄰鼎。
（　鬲　文　）	291	〔圖〕鬲。
（　爵　文　）	288	囝爵。
	288	〔圖〕爵。
	31	畢爵（羅福頤說）。
	288	〔圖〕爵。
	288	甲〔圖〕爵。
	166	戈方奚爵（方濬益說）。
	289	〔圖〕父乙爵（羅福頤說）。
	48	小隻爵（羅福頤說）。

（ 罨 文 ）	288	𐊗罨（羅福頤説）。
（ 舳 文 ）	288	宀舳。
	166	奚舳。
（ 觶 文 ）	202	厥觶。
（ 卣 文 ）	166	奚卣。
	285	（𝐖）卣。
	279	作寶尊彝卣。
	285	輦卣（容庚説）、旅卣（羅福頤説）。
（ 罍 文 ）	237	未詳。
（ 瞿 文 ）	306	片戈。
（ 戈 文 ）	180	涉戈。
	307	口籏戈。
	307	作潭右戈（容庚説）、亡𥂁戈（《三代》）。
	307	皇邑左戈。
	178	右濯戈。
	309	庶長畫戈。
	309	未詳。銘文與「𠈌北族」同。
（ 古 兵 器 ）	309	右口戈鐏。
（ 古 瞿 ）	55	小校十，九二作目形瞿。

九、引用偽器

宋人始著錄青銅器，辨偽之作亦始於宋代。宋趙希鵠《洞天清祿集》、明曹昭《格古要論》、高濂《遵生八牋》，清梁同書《古銅器考》皆有辨偽之論，而成就不大。王國維《宋代金文著錄表》、《國朝金文著錄表》、《三代秦漢金文著錄表》三書中附注偽器及可疑器；鄭師許撰《吉金彝器之辨偽方法》，商承祚撰《古代彝器偽字研究》，徐中舒撰《論古銅器之鑑別》，容庚《商周彝器通考》，並與張維持合著《殷周青銅器通論》，張光裕撰《偽作先秦彝器銘文疏要》，羅福頤撰《商周秦漢銅器辨偽錄》，澳洲巴納，新加坡翁世華等，皆論述偽器銘文，偽造之器銘多已暴露破綻。羅福頤曰：

過去作偽者不止三四人，能千方百計堵塞漏洞。往年聽説，自從外國人觀察青銅器之有無修補，能用紫外線來觀察，而后來骨董商修補銅器，就在

紫外線下來修補，以看不出爲度。(《商周秦漢銅器辨僞錄》)

此乃「道高一尺，魔高一丈」之寫照。清朝乾隆初期之僞銘，多尖頭篆書；至乾隆中晚期，僞造之晉侯盤銘出，從此不見尖頭篆矣；嘉慶初年，僞造之徒受阮元《積古齋鐘鼎彝器款識》之影響，益知古文字之眞面目，書寫技藝稍進一步。道光、咸豐年間之僞器，能拼湊字句，摘採銘文；逐啓誺鼎之銘文凡九字，僞刻者增至百卅餘字，可爲此類僞作之典型；此期之書法，依然去眞銘甚遠。同治、光緒年間之僞造再進一步，濰縣人每仿製簠齋藏器出售，形製銘文均合，所見有孔鼎、陳侯鼎、大丰毁等，收藏家每爲所欺（説見《商周彝器通考》）。如《愙齋》三、八所著錄之冊冊父乙鼎即此期僞作。民國以來，僞造技術精進，照像、蝕銅之法亦用於僞作，或於眞器上加刻花紋，不易辨識其僞。今日博物館，多用鋁鋅合金或石膏複製彝器，形式外觀與眞品無殊。銘文之僞作，張光裕分之爲臨摹銘文、刪截銘文、拼湊字句、杜撰全銘、增加銘文、補刻銘文諸端，詳見《僞作先秦彝器銘文疏要》。

《古籀補》一書皆據銘文拓片寫下，知字形酷似拓片，而《愙齋》據以臨摹之拓片，則多不得考究其眞僞矣。如叔夜鼎著錄於薛氏、嘯堂者爲眞器，積古齋所藏則僞，容庚《商周彝器通考》指「眉壽」二字稍異。《攈古錄》又據積古齋本摹入，而《古籀補》所據以臨摹者則不得而知，眞僞難明。又如豐姞敦，《愙齋集古錄》所無，《說文古籀補》所採錄者未知援自何方。容庚《通考》云：「此器由善齋歸於余，乃審其僞，或尚有眞器櫝藏未出耶？然《三代吉金文存》亦著錄僞本矣。」考究《古籀補》引器眞僞，其難若是。茲將顯而易見者分述如下：

頌敦（152字）　愙齋所著錄，故知其僞。徐中舒〈論古銅器之鑑別定僞〉云：「這毁模刻得眞好，但終不免要漏出馬腳來，第一行甲戌之戌，誤作成，而第六行成，它又誤作戌。『造』，別器多从舟，而它則从彳，還有它用筆太纖細了，轉折的地方都不很自然，這與永宮鬲似乎都出於同一人的手筆。」

觚（1字）　愙齋著錄，王國維《三代秦漢金文著錄表》（下簡稱《三代表》）定爲僞。

郳姞鬲（8字）　愙齋著錄，徐中舒定爲疑。

虢叔簠（10字）　說同上。

歸夆敦（12字）　愙齋著錄，《三代表》定爲疑。

以下可疑器或僞器皆不著錄於《愙齋集古錄》：

師獲鐘（7字）　見《攈古》二之一、一，《三代表》定爲疑。右行二字作「朿勳」罕見。

黃武鐘（10字）　見《攈古》二之一、四六。《三代表》定爲僞。

　　楚公鐘（約42字）　見《積古》三、一四。銘文散亂，字多不識，文又多正反互易。于省吾定爲僞。〔註2〕

　　宥父辛鼎（7字）　見《積古》一、十二。《商周彝器通考》謂《寧壽》一、八著錄，僞，亞形不類。

　　魯公伐郲鼎（47字）　容庚《商周彝器通考》謂此乃僞刻銘文之佳者，並謂鼎爲吳大澂所藏，釋其文於《愙齋集古錄》釋文賸稿（頁廿五），錄其字於《說文古籀補》。

　　屮自爵（2字）　見《從古》六、二十。《三代表》定爲疑。書體板滯，風格不古。

　　京作天廟爵（5字）　見《攈古》一之二、十九。《三代表》定爲疑，文意不古。

　　茲女盉（7字）　見《筠清》四、四十。《三代表》定爲疑。

　　夔戈（3字）　見積古八、十七。王國維《國朝金文著錄表》（以下簡稱《清表》）定爲疑。「戈」作「米」，不類。

　　陳余造戈（4字）　見《陶齋》三、四三。《清表》定爲疑。

　　龍伯戟（5字）　見《陶齋》三、四五。《清表》定爲僞。

　　高陽三劍（3字）　見《積古》八、十八，《攈古》一之四、四四。《清表》定爲疑。《三代表》定爲僞。

　　此外，本章第二節引器總表中尚有數器不見於諸家著錄目，亦皆可疑。

第二節　《說文古籀補》引器總表、錢幣刀布總表

說　明

　　一、本節分二表，表一爲吉金彝器，表二爲錢幣刀布。

　　二、表中彝器之分類、排比與容庚《金文編》同。始於鉦，終以雜兵；按彝銘字數之多寡排列。

　　三、「諸家著錄」欄之代號如下：F指福開森《歷代著錄吉金目》，C指周法高《三代吉金文存》著錄表，S指孫稚雛《金文著錄簡目》。

　　四、「古籀補之頁碼」欄僅舉一頁爲例，此乃乙未本之頁碼；或偶有家刊本頁碼，則必加以說明。

〔註2〕于省吾：〈拉公蒙戈辨僞〉，載於《文物》一九六○年第三期。

表一：吉金彝器

<table>
<tr><th colspan="2">古籀補之命名</th><th>《金文編》之命名</th><th>諸家著錄目</th><th>單 器
字 數</th><th>古籀補之頁碼</th><th>備　註</th></tr>
<tr><td rowspan="1">一
、
鉦</td><td>（鐸文）</td><td>姤鉦（6）</td><td>F：46，47，48，
50
C：4365
S：6323</td><td>2 字</td><td>262</td><td>羅福頤作嫷鐃。</td></tr>
<tr><td rowspan="12">二
、
鐘</td><td>（一）𣆪兀𠙻鐘
（二）㪤鐘</td><td></td><td>F：9
C：
S：</td><td>4 字</td><td>（一）305
（二）227</td><td></td></tr>
<tr><td>己侯鐘
紀侯鐘</td><td>己侯鐘（18）</td><td>F：10
C：4
S：6345</td><td>6 字</td><td>（一）227
（二）209</td><td></td></tr>
<tr><td>師獲鐘</td><td></td><td>F：12
C：
S：</td><td>7 字</td><td>227</td><td>乙未本加。《三代
表》定爲疑。</td></tr>
<tr><td>益公鐘</td><td>益公鐘（20）</td><td>F：12
C：6
S：6347</td><td>7 字</td><td>42</td><td>乙未本加。</td></tr>
<tr><td>（一）魯邍鐘
（二）魯原鐘</td><td>魯邍鐘（21）</td><td>F：12
C：8
S：6349</td><td>8 字</td><td>（一）28
（二）226</td><td></td></tr>
<tr><td>鄭邢叔鐘</td><td>鄭邢叔鐘（22）</td><td>F：14
C：9
S：6352，6353</td><td>9 字</td><td>227</td><td></td></tr>
<tr><td>董武鐘</td><td></td><td>F：13
C：
S：</td><td>10 字</td><td>221</td><td>《清表》曰：「出
宋拓本器佚」。
《三代表》定爲
僞。</td></tr>
<tr><td>猶鐘</td><td>猶鐘（25）</td><td>F：14
C：11
S：6363</td><td>12 字</td><td>3</td><td>乙未本加。</td></tr>
<tr><td>楚公鐘（A）</td><td>楚公鐘（28）</td><td>F：15，16，17
C：14~17
S：6369~6372</td><td>14 字
又
16 字</td><td>120</td><td></td></tr>
<tr><td>斁狄鐘</td><td>斁狄鐘（32）</td><td>F：19
C：24
S：6381</td><td>20 字</td><td>2</td><td></td></tr>
<tr><td>（一）通彔鐘
（二）通彔康虡鐘</td><td>通彔鐘（33）</td><td>F：21
C：25
S：638・2</td><td>22 字</td><td>（一）138
（二）153</td><td></td></tr>
<tr><td>兮仲鐘</td><td>兮仲鐘（34）</td><td>F：22
C：26
S：6383</td><td>27 字</td><td>180</td><td></td></tr>
</table>

單伯界生鐘	單伯鐘（35）	F：25 C：33 S：6393	34 字	50	乙未本加。
（一）虘鐘 （二）己伯鐘	虘鐘（36）	F：26 C：34，35 S：6394，6395	35 字	（一）174 （二）24	
戲鐘	戲編鐘（37）	F：11，21 C：36~38 S：6396~6398	6 至 25 字	220	
邾公鐘	邾公釘鐘（40）	F：27 C：40 S：6400	36 字	4	
子璋鐘	子璋鐘（41）	F：19，20，29 C：51~56 S：6422~6428	22 至 45 字	5	
楚公鐘（B）		F：28 C：41 S：	36 字	245	《清表》謂器藏上虞羅氏。然于省吾謂《三代》著錄者僞器。
（一）寶쐏鐘 （二）叔氏寶쐏鐘 （三）叔氏寶쐏鐘	士父鐘（46）	F：32 C：77~80 S：6458~6461	53 字	（一）138 （二）226 （三）153	
邾公望鐘	邾公牼鐘（48）	F：32 C：85~87 S：6454~6457	54 字 又 57 字	223	
僕兒鐘	余義鐘（50）	F：14，24，34 C：89~91 S：6485~6488	30 至 74 字	223	
沈兒鐘	沈兒鐘（52）	F：35 C：92 S：6492	82 字	16	
克鐘	克鐘（53）	F：25，27，28，35 C：42~47 S：6413~6417	82 字	23	乙未本加。
邵鐘	邵鐘（55）	F：37 C：93~104 S：6503~6516	86 字	227	
（一）刑人鐘 （二）井人鐘	井人鐘（56）	F：24，29，30，37 C：48~50 S：6418~6421	89 字	（一）130 （二）45	
（一）虢叔鐘 （二）張氏虢叔鐘 （三）潘氏虢叔鐘 （四）阮氏虢叔鐘 （五）伊氏虢叔鐘 （六）陳氏虢叔編鐘 （七）虢叔編鐘	虢弔鐘（57）	F：16，18，21，38 C：105~110 S：6517~6523	26至91 字	（一）114 （二）202 （三）202 （四）202 （五）202 （六）202 （七）195	

者沪鐘	者沪鐘（58）	F：20，24，25，31 C：72~75 S：6440~6451	92字又30餘字	117	
邾公華鐘	邾公華鐘（59）	F：38 C：111 S：6524	93字	225	
王孫鐘	王孫鐘（60）	F：39 C：112 S：6534	116字	4	乙未本加。
宗周鐘	猷鐘（61）	F：39 C：113 S：6535	112字	227	
（一）齊鎛 （二）齊侯鎛 （三）齊子仲姜鎛	齊鎛（62）	F：40 C：114 S：6567	174字	（一）家刊本48頁 （二）家刊本19頁 （三）56	家刊本之齊鎛、齊侯鎛，乙未本多改作齊子仲姜鎛。
（鐸文（B））		F：49 C：4358 S：6316	1字	262	羅福頤作受鐃。
其𠦪句鑃	其𠦪句鑃（67）	F：52 C：4345，4364 S：6569，6570	31字	227	
姑馮句鑃	姑口句鑃（68）	F：52 C：4347 S：6571	39字	195	
手執干形鼎		F：755 C：160 S：47	1字	31	羅福頤作離鼎，《愙齋》非。
（鼎文（A））	羞鼎（93）	F：526，749 C：167 S：55	1字	244	
𤲬鼎	𤲬鼎（109）	F：742，758 C：195~198 S：147~151	1字	286	
舉父丙鼎	𡦅父丙鼎（200）	F：781 C：328 S：311	3字	238	
父辛鼎（A）		F：771 C：386 S：368	3字	304	三代作豆父辛鼎。
父辛鼎（B）		F：778 C：390 S：372	3字	240	三代作殺人形父辛鼎。
宰牲形父辛鼎	殺牲形父辛鼎（233）	F：792 C：391 S：373	3字	240	

三、雜樂器

四、鼎

魚父癸鼎	魚父癸鼎（238）	F：779 C：396 S：377	3字	184	
揚鼎	𤥭鼎（250）	F：780 C：415 S：396	3字	194	
立旂婦𪔂	中婦鼎（251）	F：776 C：416 S：397	3字	115	
太保鼎	大保鼎（253）	F：766 C：421 S：399	3字	163	
父己鼎（A）		F：773 C： S：	3字	304	吳式芬作秝父己鼎。
尙鼎	尙鼎（272）	F：775 C：—— S：436	3字	115	
亞形父己鼎		F：801 C：469 S：507	3字	69	
盇母父丁鼎	寧女父丁鼎（286）	F：786 C：461 S：493	4字	71	乙未本加。
彭女鼎	彭女鼎（297）	F：779 C：484，485 S：523，524	4字	73	
太祝禽鼎	大祝禽鼎（298）	F：785 C：488 S：527	4字	3	
明我鼎	明我鼎（302）	F：791 C：492 S：531	4字	113	乙未本加。
興鼎	興鼎（305）	F：794 C：495 S：534	4字	40	乙未本加。
（鼎文（B））	𣪘鼎（307）	F：793 C：497 S：536	4字	270	
（鼎文（C））	𣪘鼎（308）	F：797 C：498 S：537	4字	269	
𪔂鼎	聲鼎（316）	F：783 C：516 S：557	4字	31	

工彝	田鼎（322）	F：643，916 C：1332 S：564	4字	318	乙未本加。 容庚云：作彝 誤。
亞形父己鼎		F：801 C：469 S：507	5字	69	
孔作父癸鼎	孔鼎（339）	F：808 C：543 S：607	5字	187	
羆氏鼎	贏氏鼎（344）	F：805 C：553 S：618	5字	161	乙未本加。
㮣鼎	㮣鼎（345）	F：804 C：554 S：619	5字	62	
釐鼎	釐鼎（374）	F：805 C：557 S：622	各5字	220	
詠啓鼎	詠鼎（349）	F：804 C：559 S：624	5字	49	乙未本加。
孟申鼎		F：802 C： S：	5字	243	乙未本加。
（一）鬱鼎 （二）增鼎	鬱鼎（354）	F：805 C：564 S：629	5字	（一）213 （二）219	
（一）旁尊鼎 （二）旁肇鼎 （三）旁肇尊	旁鼎（360）	F：802 C：570 S：635	5字	（一）249 （二）2 （三）49	旁肇尊未詳。以 銘文審之，49： 188 頁所收之旻 字（重文複引） 當作旁肇鼎。
（一）郮臭鼎 （二）𦮼臭鼎	郮臭鼎（366）	F：803 C：577，578 S：642，643	各5字	（一）93 （二）79	
𪿢朕鼎	眉朕鼎（369）	F：802 C：583 S：646	5字	267	
𢁓肇鼎	本鼎（373）	F：799 C： S：	5字	49	
梁上官鼎	梁鼎（379）	F：813 C：579 S：665	各6字	232	
父丙鼎	釹鼎（384）	F：811 C：594 S：673	6字	123	乙未本加。

		F：809 C： S：	6字	269	吳式芬作各鼎。
（鼎文（D））					
衰作父癸鼎	冉鼎（389）	F：814 C：603 S：682	6字	140	羅福頤作 ⿱父癸鼎。
（一）康侯鼎 （二）康侯封鼎	康侯鼎（393）	F：813 C：607 S：686	6字	（一）247 （二）218	
伯魚鼎	伯魚鼎（396）	F：810 C：610 S：689	6字	248	
伯鄉鼎	伯鄉鼎（397）	F：814 C：611 S：690	6字	248	
孟渼鼎	孟渼父鼎（403）	F：812 C：617 S：696	6字	178	
使戎鼎	事戎鼎（410）	F：811 C：626 S：708	6字	46	乙未本加。
伯遟鼎	伯遟父鼎（422）	F：811 C：—— S：729	6字	22	乙未本加。
父己鼎（B）	作父己鼎（431）	F：817 C：643 S：758	7字	115	
匽侯鼎	匽医旨鼎（432）	F：820 C：644 S：759	7字	82	
父癸鼎	甹鼎（433）	F：818 C：645 S：760	7字	56	
木王鼎	木工鼎（435）	F：817 C：647 S：762	7字	115	
王作丞姬鼎		F：822 C：651 S：765	7字	267	
子孫作婦姑鼎	婦姑鼎（441）	F：821 C：659 S：773	7字	194	
（一）母癸鼎 （二）亞形母癸鼎		F：829，834 C：662 S：777	7字	（一）262 （二）195	羅福頤作母癸鼎。

（一）召王鼎 （二）邵王鼎	邵王鼎（444）	F：819 C：665 S：780	7字	（一）15 （二）269	
（一）夜君鼎 （二）庸夜君鼎	夜君鼎（445）	F：819 C：666 S：781	7字	（一）93 （二）14	
梁鼎		F：821 C： S：	7字	267	此乃恆軒所藏，與梁上官鼎異。《清表》46頁云：「六國時物」。
（一）董叞鼎 （二）叞舛鼎	董叞鼎（453）	F：829，831 C：678 S：808	8字	（一）219 （二）48	
文父丁鼎	引鼎（454）	F：824 C：679 S：809	8字	48	
勦季方鼎	叕季鼎（456）	F：827 C：681 S：811	8字	222	乙未本加。
宮伯鼎	季盠鼎（461）	F：826 C：688 S：818	8字	316	乙未本加。
侯生鼎	厤生鼎（464）	F：828 C：692 S：822	8字	82	
父乙方鼎	亳父乙鼎（469）	F： C：—— S：826	8字	82	乙未本加。
（一）且丁父癸鼎 （二）▼己且丁父癸鼎	籃婦鼎（471）	F：833 C：696 S：836	9字	（一）248 （二）2	
（一）越敦 （二）越鼎	越罍（2851）	F：244，835 C：698 S：838	（一）19字 （二）150字		《三代》作鼎，容庚改爲罍，《周目》、《孫目》作鼎不改。
季悆鼎	季悆鼎（474）	F：830 C：705 S：845	9字	169	
遂啓諆鼎	逐鼎（475）	F：831 C：706 S：846	9字	23	乙未本加。
召伯鼎		F：832 C： S：	9字	15	《恖齋》六、三作觥鼎。
中斿鼎	仲斿父鼎（476）	F：828 C：707 S：847	9字	110	

		F：833			
且辛父庚鼎	且辛父庚鼎（480）	C：714 S：854	9字	229	
宥父辛鼎		F：829 C： S：	9字	121	乙未本加。 《商周彝器通考》 頁202定爲僞。
甚諆鼎	甚鼎（485）	F：834 C：718 S：863	10字	48	
鄭同媿鼎	鄭同媿鼎（489）	F：835 C：723 S：868	10字	197	
雛鼎	吳買鼎（497）	F：838 C：730 S：880	11字	58	乙未本加。
包君鼎	⊕君鼎（501）	F：847 C：740 S：890	存 11字	111	乙未本加。
伯矩鼎	伯矩鼎（505）	F：841 C：742 S：898	12字	33	
（一）邾討鼎 （二）邾𤔲鼎	邾討鼎（511）	F：841 C：748 S：904	12字	（一）242 （二）182	羅福頤作鼄𤔲 鼎。
子寓鼎	子遹鼎（512）	F：839 C：749 S：905	12字	122	
𤔲父鼎	𤔲父鼎（513）	F：844，846 C：750，751，752 S：906，907，908	12字	263	
史喜鼎	史喜鼎（519）	F：840 C：—— S：917	12字	3	
鄭饕遄父鼎	饕遄父鼎（522）	F：846 C：764 S：927	13字	24	
彥鼎	䚧鼎（528）	F：848 C：759 S：923	14字	149	乙未本加。
雕伯彝	雍伯鼎（536）	F：851 C：781 S：956	15字	42	乙未本加。
襄鼎	襄鼎（541）	F：851 C：787 S：762	各 15字	139	

（一）杞伯鼎 （二）杞伯敏父鼎	杞伯鼎（542）	F：852 C：788，789 S：963，964	16字	（一）115 （二）6	
文考鼎	旂作父戊鼎（543）	F：852 C：790 S：969	16字	17	
應公鼎	應公鼎（548）	F：855 C：797，798 S：976，977	16字	85	
郱伯御戎鼎	郱伯御戎鼎（550）	F：853 C：800 S：979	16字	27	乙未本加。
戊寅父丁鼎	戊寅鼎（552）	F：859 C：802 S：1007	16字	247	
（一）遟伯鼎 （二）犀伯魚父鼎	犀伯鼎（553）	F：857 C：803 S：984	17字	（一）26 （二）184	
（仲義父盨）	仲義父鼎	F：856 C：804~808 S：985~989	17字	94	乙未本加。 按，《古籀補》之盨，實當作盨，而仲義父盨未詳。以銘文相同，故列於此。
叔媿鼎	芮子鼎（555）	F：856 C：809 S：990	17字	197	乙未本加。
鑄子叔黑臣鼎	鑄子鼎（558）	F：858 C：812 S：992	17字	190	乙未本加。
十三年上官鼎	上官鼎（560）	F：855 C：815 S：995	17字	268	
公違鼎	臣卿鼎（563）	F：861 C：816 S：1009	18字	230	
吳生鼎		F：860 C：820 S：1013	18字	249	乙未本加。
（一）大梁鼎 （二）梁司寇鼎	大梁鼎（570）	F：859 C：825 S：1018	18字	（一）91 （二）235	
唯叔鬲鼎		F：862 C：—— S：1028	19字	57	
己亥鼎	揚鼎（571）	F：861，865 C：833，834 S：1030，1031	18字又 19字	144	

		F：863 C：828 S：1023	19 字	93	
趙亥鼎	趙亥鼎（573）				
曆鼎	曆鼎（574）	F：679，863 C：829 S：1024	19 字	1	乙未本加。
叔夜鼎	弔夜鼎（584）	F：864 C：—— S：1032	20 字	79	
陳侯鼎	陳侯鼎（588）	F：867 C：841 S：1039	21 字	234	
匽侯旨鼎	匽侯鼎（589）	F：867 C：842 S：1040	21 字	186	
先獸鼎	先獸鼎（593）	F：870 C：847 S：1049	22 字	238	
卒宮鼎	舍父鼎（594）	F：869 C：848 S：1050	22 字	131	乙未本加。
伯頵父鼎	伯頵父鼎（599）	F：871 C：854 S：1058	23 字	147	
戎都鼎	戎者鼎（601）	F：871 C：856 S：1060	23 字	203	
（一）乙亥鼎（A） （二）小子射鼎	小子射鼎（604）	F：870 C：—— S：1063	23 字	（一）312 （二）81	
旂鼎	旂鼎（605）	F：876 C：859 S：1068	24 字	39	
天君鼎	天君鼎（608）	F：682，874 C：861 S：1074	25 字	229	
曾鼎	易鼎（609）	F：875 C：862 S：1076	25 字	17	
員鼎	員鼎（613）	F：878 C：868 S：1088	26 字	115	乙未本加。
且子鼎	戍甬鼎（617）	F：876 C：872 S：1093	27 字	72	

姬𪔛鼎	姬鼎（620）	F：877 C：877 S：1098	27 字	73	乙未本加。
周憃鼎	周憃鼎（622）	F：879 C：878 S：1105	28 字	96	
（一）乙亥鼎（B） （二）乙亥方鼎	乙亥鼎（623）	F：879 C：879 S：1106	28 字	（一）31 （二）22	
師趛鼎	師趛鼎（624）	F：879 C：880~881 S：	29 字	193	
公貿鼎	公貿鼎（628）	F：887 C：884 S：1115	30 字	98	乙未本加。
簷鼎	申鼎（632）	F：883 C：890 S：1121	32 字	122	
王子吳鼎		F：883 C：888 S：1120	33 字	36	《小校》作 31 字
趠鼎	趠鼎（636）	F：885 C：894 S：1126	33 字	18	
師器父鼎	師咢父鼎（637）	F：884 C：895 S：1127	33 字	31	
仲稱父鼎		F：886 C：—— S：1138	35 字	223	《通考》頁 198、199 謂《續乙》一、一七之器僞。
函皇父鼎		F： C：—— S：1142	37 字	32	參見函皇父毁。
平安君鼎	坪安君鼎（644）	F：869 C：902 S：1147	38 字	72	
（一）召伯父辛鼎 （二）匽侯作召伯鼎	害鼎（645）	F：878 C：—— S：1144	39 字	（一）168 （二）15	按：此銘文可於《錄遺》94 得之。《攈古》二之三、五十則摹寫未完。憃齋所採較《攈古》爲佳。
南宮方鼎		F：889 C：—— S：1145	40 字	200	

夕鼎	穿鼎（648）	F：891 C：907 S：1156	42字	22	
周公孫子鼎	帥鼎（650）	F：893 C：—— S：	47字	167	
魯公伐郤鼎		F：893 C：—— S：	47字	5	乙未本加。 《商周彝器通考》 定爲偽。
季娟鼎		F：894 C：—— S：1164	48字	243	
史獸鼎	史獸鼎（652）	F：894 C：911 S：1165	50字	148	
（一）刺鼎 （二）邵鼎	刺鼎（653）	F：895 C：912 S：1166	51字	（一）13 （二）151	乙未本加。
師湯父鼎	師湯父鼎（654）	F：896 C：913 S：1167	54字	150	
趞曹鼎	趞曹鼎（656）	F：896，897 C：915，916 S：1169	56字	18	乙未本加。
商方鼎		F：897 C：—— S：1171	57字	94	乙未本加。 按：《博古圖》作 南宮中鼎。郭沫 若作中齋。
康鼎	康鼎（657）	F：897 C：917 S：1173	62字	41	乙未本加。
諆田鼎	令鼎（660）	F：899 C：920 S：1179	69字	153	
克鼎（A）	善夫克鼎（662）	F：899 C：922~928 S：1181~1187	72字	23	乙未本加。
馭方鼎	咢侯鼎（663）	F：901 C：930 S：1189	存79字	22	乙未本加。
大鼎	大鼎（666）	F：900 C：931，932 S：1191，1192	81字	27	
師奎父鼎	師奎父鼎（667）	F：902 C：934 S：1194	93字	46	

		F：902 C：935 S：1195	94 字	137	
鄭惠鼎	無叀鼎（668）				
師望鼎	師望鼎（669）	F：902 C：936 S：1196	94 字	203	
鬲攸从鼎	鬲攸比鼎（670）	F：904 C：937 S：1200	100 字	53	
伯晨鼎	𢀖侯鼎（671）	F：903 C：938 S：1198	100 字	40	
頌鼎	頌鼎（674）	F：906 C：940~942 S：1209~1211	151 字	12	
克鼎（B）	克鼎（675）	F：907 C：943 S：1216	289 字	45	乙未本加。
盂鼎	盂鼎（676）	F：907 C：944 S：1217	291 字	35	
曶鼎	曶鼎（679）	F：909 C：946 S：1219	403 字	204	
毛公鼎	毛公鼎（680）	F：910 C：947 S：1221	497 字	48	
（一）析子孫父丁鬲 （二）ㅐ子孫父丁鬲	ㅐ𣪘父丁鬲（687）	F：919 C：1030 S：1236	3 字	（一）300 （二）242	羅福頤亦將ㅐ𣪘隸定爲析子孫。
𤔉婦鬲	齊婦鬲（690）	F：918 C：1036 S：1242	3 字	290	
仲姬鬲	仲姬鬲（694）	F：917 C：—— S：1251	4 字	41	
季貞鬲	季眞鬲（696）	F：919 C：1044 S：1255	5 字	42	乙未本加。
（鬲文）	𧒒鬲（699）	F：920 C：1048 S：1259	5 字	291	
仲姞鬲	仲姞鬲（704）	F：921 C：1052~1060 S：1266~1274	6 字	94	乙未本加。

五、鬲

永宮鬲		F：921 C： S：	6 字	182	乙未本加。 《通考》頁 218 定爲僞。
羲妣鬲	作羲妣鬲（708）	F：923 C：1068 S：1285	7 字	72	
（一）鄭叔蒦父鬲 （二）叔蒦父鬲	鄭弔蒦父鬲 （711）	F：923，924 C：1076~1077 S：1298	7 字	（一）244 （二）58	
（一）叔帶鬲 （二）鄭𤔲伯作叔帶萬 鬲 （三）鄭𤔲伯作叔帶鬲 （四）鄭𤔲伯鬲	鄭登伯鬲（714）	F：924 C：1078 S：1300	8 字	（一）41 （二）159 （三）130 （四）290	
郳�鬲	郳�鬲（717）	F：924 C：1081 S：1303	8 字	103	
王母鬲	王母鬲（718）	F：923 C： S：	8 字	238	乙未本加。
王伯姜鬲	王伯姜鬲（722）	F：925，927 C：1084~1086 S：1309~1311	9 字	192	
井姬鬲	伯猖父鬲（726）	F：926 C：1090 S：1316	10 字	192	乙未本加。
途母鬲	姬趠母鬲（727）	F：926 C： S：	10 字	18	家刊本作姬鋋母 鬲。乙未本更 名。
庚姬鬲	庚姬鬲（728）	F：927 C：1091~1093 S：1320~1322	11 字	193	
艾伯鬲	榮伯鬲（730）	F：926 C：1095 S：1324	11 字	166	《愙齋》將𠦪隸 爲艾，誤。
母辛鬲	犇鬲（736）	F：932 C：1103 S：1337	14 字	39	
戲伯鬲	戲伯鬲（738）	F：929 C：1105 S：1339	14 字	200	
（一）魯伯愈鬲 （二）魯伯愈父鬲 （三）魯伯愈父作邾姬 媵羞鬲	魯伯鬲（734）	F：931 C：1106~1110 S：1341~1345	15 字	（一）56 （二）170 （三）244	

（一）召仲鬲 （二）召仲作生姚鬲	召仲鬲（740）	F：930 C：1111~1112 S：1346~1347	15 字	（一）15 （二）195	
郑伯鬲	郑伯鬲（741）	F：930 C：1113 S：1348	15 字	102	
戲仲鬲	仲嬰父鬲（742）	F：930 C：1114 S：1349	15 字	42	乙未本加。
自沰父鬲	伯沰父鬲（744）	F：930 C： S：	15 字	42	乙未本加。
（一）虢仲鬲 （二）虢仲作虢妃鬲	虢仲鬲（745）	F：932 C：1118 S：1358	16 字	（一）41 （二）194	
郑󠁀父鬲	郑友父鬲（746）	F：931，932 C：1119 S：1359	16 字	196	
史頌鬲		F：931 C： S：	16 字	69	乙未本加。
番君鬲	番君鬲（750）	F：933 C：1124 S：1366	17 字	12	
芮公鬲	芮公鬲（752）	F：933 C：1127~1128 S：1372~1373	18 字	45	
伯嬰父鬲	伯嬰父鬲（753）	F：932，933， 934 C：1130~1135 S：1376~1381	19 字	290	
單伯鬲	單伯鬲（755）	F：935 C：1137 S：1383	20 字	24	
父己甗	鉤父己甗（769）	F：940 C：965 S：1428	3 字	318	乙未本加。
子執戈父辛甗	秌父辛甗（770）	F：940 C：966 S：1429	3 字	240	
（一）宊甗 （二）余甗	宊甗（777）	F：943 C：977 S：1448	4 字	（一）124 （二）214	羅福頤作守甗。

六、甗

		F：943 C：979 S：1451	4 字	192	
彭女甗	彭女甗（778）	F：943 C：979 S：1451	4 字	192	
憲甗	憲甗（780）	F：944 C： S：	4 字	205	
門射甗	門射甗（782）	F：944 C：978 S：1449	5 字	82	乙未本加。
罍甗	雷甗（784）	F：944，953 C：983 S：1457	5 字	215	
（一）龏妊甗 （二）龏妊殘甗	龏妊甗（785）	F：944 C：985 S：1459	5 字	（一）291 （二）194	
（一）伯貞甗 （二）伯貞作旅車甗	伯眞甗（786）	F：945 C：986 S：1460	5 字	（一）160 （二）231	
太史友甗	太史友甗（803）	F：948 C：1005 S：1490	9 字	15	乙未本加。
伯姜甗		F：949 C： S：	11 字	160	乙未本加。
彀父甗	彀父甗（809）	F：950 C：1010 S：1500	13 字	205	
鄭大師甗	鄭大師甗（812）	F：950 C：1013 S：1504	15 字	160	乙未本加。
王宜人甗	般甗（813）	F：951 C：1015 S：1508	20 字	90	乙未本加。
舊輔甗	王人甗（814）	F：951 C：1016 S：1509	21 字	53	乙未本加。
陳公子甗	陳公子甗（818）	F：952 C：1019 S：1513	38 字	118	
敦	簋（854）	F：527，630 C：1199 S：1621	1 字	235	
兒敦		F：525 C： S：	1 字	317	乙未本加。

七、簋

🔶敦	訇簋（862）	F：525 C：1539 S：1584	1 字	83	
尋敦	偉簋（864）	F：528 C：1544 S：1589	1 字	316	乙未本加。
子負戈敦	🔶戊簋（879）	F：526，628 C：1219 S：1644	2 字	239	
析子孫逋敦	逋簋（891）	F：536，648 C：1241 S：1664	2 字	23	
冊子孫父乙敦	冊🔶父乙簋（904）	F：539，651，654 C：1256 S：1691	3 字	242	
（一）立戈父丁敦 （二）立戈父丁彝	戈父丁簋（906）	F：530 C：1259 S：1695	3 字	（一）239 （二）43	
冊子孫父丁敦	冊🔶父丁簋（913）	F：539，654 C：1270 S：1706	3 字	207	
🔶父辛敦	🔶父辛敦（916）	F：531 C：1278 S：1712	3 字	241	
妣辛敦	豙妣辛簋（930）	F：533，643 C：1327 S：1826	3 字	136	
子抱孫父丁敦	保父丁簋（932）	F：528，643 C：1551 S：1746	3 字	301	
叔父癸敦	叔父癸簋（934）	F：531 C：1556 S：1750	3 字	48	
父乙敦	🔶父乙簋（955）	F：533，644 C：1312 S：1804	4 字	298	
女康敦	女康丁簋（964）	F：532，642 C：1328 S：1827	4 字	192	
畧作妣敦	畧作乓簋（965）	F：532，649 C：1330～1331 S：1828～1829	各 4 字	195	
宵敦	宵簋（972）	F：152，648 C：1342 S：1839	各 4 字	122	

		F：649 C：1578 S：1862	4 字	183	乙未本加。
靁彝	靁簋（980）				
奪敦	奪簋（982）	F：536 C：1581 S：1865	各 4 字	278	
聿貝父辛敦		F：536 C：1323 S：1822	4 字	241	
作父丁敦	作父丁簋（993）	F：548 C：1457~1459 S：1494	5 字 又 8 字	248	
穗敦	父癸簋（996）	F：540 C：1368 S：1897	5 字	117	
（一）王作敦 （二）王作妣彝 （三）王作	王作簋（998）	F：650 C：1375 S：1904	5 字	（一）213 （二）195 （三）115	羅福頤作「王作 又彝」。
敦		F：540，656 C：1383 S：1913	5 字	247	
伯致敦	伯侄簋（1014）	F：538 C：1597 S：1927	各 5 字	84	
朕敦	陝簋（1018）	F：540，733 C：1602 S：1932	5 字	301	
王作臣坒彝	王作臣坒簋 （1024）	F： C： S：	5 字	297	
父乙敦	父乙簋 （1033）	F：93，541，657 C：1398 S：1962	6 字	194	
巩父辛彝	揚作父辛簋 （1041）	F：94，660，661 C：1410~1411 S：1974	6 字	39	乙未本加
季保敦	季保簋（1048）	F：544，660 C：1423 S：1986	6 字	133	
安父彝	安父簋（1051）	F：659，810 C：1426 S：1988	6 字	120	乙未本加

（一）霸姑敦 （二）霸女彝	霸姑簋（1055）	F：662 C：1432 S：1992	6字	（一）112 （二）112	《三代》六、三七作霸姑彝，《攗古》一之三、四六作霸女彝。《小校》七、三一有二器，名爲霸姑彝。
伯魚敦	伯魚簋（1059）	F：543 C：1610~1611 S：1999~2002	各6字	184	
伯矩彝	伯矩簋（1060）	F：543，659 C：1612 S：2003~2004	6字	70	乙未本加
伯要敦	伯𨾡簋（1061）	F：543 C：1613 S：2005	各6字	153	羅福頤作伯要𣪘。
仲𩵋父敦	仲𩵋父簋（1062）	F：541 C：1616 S：2009	6字	48	
𣪐敦	弔狀簋（1063）	F：544 C：1617~1618 S：2010~2011	6字	45	
葬侯作饙敦	医革簋（1064）	F：544 C：1619 S：2012	6字	278	
𣪘父癸敦	𣪐簋（1086）	F：548，667 C：1447 S：2080	7字	249	
𣪐敦	寧逸簋（1099）	F：546 C：1637 S：2064	7字	71	
（一）中義敦 （二）中義彝	仲義昃簋（1102）	F：663 C：—— S：2069	7字	（一）79 （二）214	
（一）召王敦 （二）邵王敦	邵王簋（1103）	F：547 C：1640~1641 S：2067~2068	7字	（一）15 （二）279	
（一）史秉敦 （二）史秉彝	史秉簋（1105）	F：548，668 C：1454 S：2082	8字	（一）219 （二）144	
𣪐作宮伯敦	𣪐者尊（2091）	F：548 C：1470 S：2094	8字	267	《三代》作彝，容庚改爲尊，《周目》、《孫目》作簋（彝）不改。
𣪐敦	牧共簋（1113）	F：549 C：1642 S：2078	8字	301	

𤔔敦	單異簋（1117）	F：669 C：—— S：4378	8字	309	《孫目》作尊。
罥敦	罥簋（1120）	F：549 C：—— S：2104	8字	55	乙未本加
且戊敦	剮口簋（1123）	F：551，672 C：1474 S：2116	9字	298	
召伯彝		F：671 C： S：	9字	28	乙未本加
嗣土敦	司土司簋（1127）	F：551，670 C：1479 S：2122	9字	150	
兓敦	兓簋（1129）	F：551，697 C：1481~1482 S：2124~2125	9字	141	
叔宿敦	弔宿簋（1134）	F：550，671 C：1652 S：2129	9字	241	
師奐父敦	師奐父簋（1136）	F：550，696 C：1654~1655 S：2131~2132	各9字	119	
且乙敦	作且乙簋（1142）	F：555，672 C：1484 S：2138	10字	278	
（一）中敦 （二）仲敦	仲簋（1146）	F：552，672 C：1659 S：2143	10字	（一）213 （二）117	
季嶅敦	季雙簋（1149）	F：552 C：1662 S：2146	10字	279	
貞敦	貞簋（1151）	F：552，697 C：1664 S：2148	各 10字	136	
菁敦	菁簋（1152）	F：553 C：1665 S：2149	10字	237	
中自父敦	仲自父簋（1155）	F：554 C：1667 S：2155~2156	11字	232	
仲五父敦	仲网父簋（1156）	F：554 C：1668~1670 S：2157~2159	11字	235	

		F：555，673 C：1673 S：2162	11 字	269	
𧥉敦	歑簋（1159）				
旅敦		F：556 C：1686 S：2177	12 字	121	乙未本加。
豐姝敦	旵簋（1165）	F：557 C：1685 S：2176	12 字	74	乙未本加。
（一）叚旾妊敦 （二）旾妊敦	叚旾妊簋（1170）	F：556 C：1689 S：2189	13 字	（一）244 （二）44	
（一）伯喬父敦 （二）伯𧊒父敦	伯㝬父簋（1173）	F：558 C：1692 S：2193	13 字	（一）242 （二）80	
（一）紀侯敦 （二）己侯敦	己矢簋（1174）	F：558，674 C：1693 S：2194	各 13 字	（一）209 （二）242	
邍伯睘（還）敦	邍伯簋（1178）	F：561，676 C：1495 S：2201	14 字	135	
效父敦	效父簋（1179）	F：560，675 C：1496 S：2202	14 字	121	
伯閔敦	伯閶簋（1180）	F：559 C：1497~1498 S：2203~2204	14 字	69	
遣小子敦	遣小子簋（1183）	F：560 C：1696 S：2206	14 字	222	
史奐敦	史奐簋（1184）	F：559 C：1697 S：2207	各 14 字	119	
然虎敦	膝虎簋（1185）	F：560，676 C：1698~1700 S：2208~2209	各 14 字	161	
叔枭父敦	弔枭父簋（1188）	F：559 C： S：	14 字	28	乙未本加。
伯芀敦	伯芀簋（1192）	F：561 C：1704 S：2220	15 字	32	乙未本加。
兮仲敦	兮仲簋（1194）	F：561，700 C：1706~1710 S：2222~2226	各 15 字	72	

舍叔敦	害弔簋（1196）	F：562 C：1713~1714 S：2229~2230		81	乙未本加。
郉季敦	郉季簋（1197）	F：562 C：1716~1717 S：2231~2232	各15字	243	
城虢敦	城虢遣生簋（1199）	F：563 C：1719 S：2234	15字	22	
乙亥敦（A）	乙亥簋（1203）	F：564，566 C：1723 S：2246	16字	312	《三代》名曰徵且丁殷。
ᓵ伯達敦	刅伯簋（1205）	F：565 C：1726 S：2249~2250	蓋16字 器15字	23	
（一）妣裡母敦 （二）南旁敦	妣裡母簋（1209）	F：565 C：1735 S：2259	16字	（一）296 （二）195	
齊癸姜敦	齊巫姜簋（1210）	F：566 C：1736 S：2260	16字	114	
癸日敦	女雙簋（1213）	F：676 C：—— S：2245	16字	303	
陳侯作嘉姬敦	陳侯作嘉姬簋（1217）	F：566，678 C：1503 S：2273	17字	235	乙未本加。
ᓵ侯敦	量侯簋（1218）	F：568 C：1504 S：2274	17字	135	
白譽敦	伯譽簋（1221）	F：568 C：1744 S：2277	17字	40	
（一）杞伯敦 （二）杞伯敏父敦	杞伯簋（1222）	F：567 C：1745~1749 S：2278~2282	各 17字	（一）88 （二）102	
叔彭父敦	廣簋（1223）	F：567 C：1750 S：2283	17字	153	
ᓵ敦	德簋（1224）	F：568 C：1751 S：2284	各 17字	277	
（一）王姑敦 （二）ᓵ侯作王姑敦	咢侯簋（1226）	F：568，703 C：1754~1756 S：2287~2289	17字	（一）97 （二）237	

伯疑父敦	伯疑父簠（1228）	F：566 C：1761 S：2294	17字	243	
（一）十月敦 （二）十月彝	乙簠（1230）	F：678 C：1507 S：2301	18字	（一）112 （二）214	
小子師敦	小子𤔲簠（1232）	F：569 C：1762 S：2304	18字	46	
周棘生敦	周棘生簠（1235）	F：570 C：1766 S：2308	18字	193	
姑氏敦	姑氏簠（1236）	F：571 C：1767 S：2309	各 18字	249	乙未本加。
（一）辛子敦 （二）亞形辛子敦	卿止二簠（1243）	F：577，680 C：1510 S：2336	19字	（一）31 （二）95	
魯太僕原父敦	魯遱父簠（1248）	F：571 C：1776 S：2323	各 19字	243	乙未本加。
仲殷父敦	仲殷父簠（1249）	F：571 C：1777~1780 S：2324~2333	各 19字	110	
（一）格伯敦（A） （二）晉姬敦 （三）格伯作晉姬敦	格伯作晉姬簠 （1254）	F：575 C：1782 S：2339	20字	（一）109 （二）121 （三）206	
仲惠父敦	仲叀父簠（1255）	F：574 C：1783~1784 S：2340~2341	各 20字	79	
（一）虢季氏子組敦 （二）虢季氏敦	虢季氏簠（1256）	F：573 C：1787~1789 S：2345~2347		（一）211 （二）243	
鄧公子敦	復公子簠（1257）	F：575 C：1791~1792 S：2348~2350	20字	101	
豐分敦	豐分簠（1259）	F：578 C：1803~1804 S：2367~2368	蓋20字 器22字	143	
（一）且庚乃孫敦 （二）且日庚乃孫敦	且日庚簠（1264）	F：579 C：1797~1798 S：2357~2358	21字 22 字	（一）276 （二）92	
（一）王伐𪚴侯敦 （二）伐𪚴彝	禽簠（1274）	F：580，680 C：1518 S：2376	23字	（一）223 （二）138	

乙亥敦（B）	史跽簋（1275）	F：680 C：1519 S：2377~2378	23 字	310	羅福頤作史臤簋。又《古籀補》頁 110 乙亥尊未詳，銘同此。
（一）師遽敦 （二）師遽父敦	弔多父簋（1276）	F：579 C：1807~1809 S：2380~2382	各 23 字	（一）23 （二）243	
（一）三家敦 （二）二家敦	易兲簋（1284）	F：581，681 C：1520 S：2397，2398	24 字	（一）155 （二）家刊本 92 頁	二家敦僅見於家刊本，殆印刷之故。乙未本不誤。
郙遣敦	郙遣簋（1286）	F：581 C：1821 S：2395	各 24 字	102	
宗婦敦	鄁嫛簋（1291）	F：582 C：1824~1830 S：2405~2411	各 25 字	194	
公姐敦	奢簋（1293）	F：583，682 C：1523 S：2417	26 字	165	
弇敦	遣簋（1299）	F：584 C：1840 S：2429	27 字	61	乙未本加。
使族敦	事族簋（1300）	F：584 C：1842 S：2431	27 字	150	
衛公叔敦	賢簋（1301）	F：429，585 C：1837~1839 S：2425~2428	各 27 字	15	乙未本加。
周窓敦	周窓簋（1303）	F：586 C：1844 S：2433	28 字	31	
伯據敦		F：586 C： S：	28 字	141	
仲虘父敦	仲虘父簋（1307）	F：586 C：1847~1848 S：2436~2438	29 字	26	
𠂤敦	𠂤簋（1309）	F：586 C：1849 S：2439	29 字	278	
師舍敦	師害簋（1312）	F：587 C：1852~1853 S：2446~2446	各 31 字	141	
伯雝父敦	彔簋（1314）	F：707，588 C：1855 S：2449	各 32 字	223	

宴敦	宴簋（1316）	F：588 C：1858~1859 S：2452~2453	各 32 字	120	乙未本加。
西宮敦	敓弔簋（1317）	F：590 C：1860 S：2454	32 字	52	
叔皮父敦	弔皮父簋（1318）	F：588 C：1861 S：2455	32 字	141	
豿仲敦	豿仲簋（1319）	F：589 C：1862 S：2456	32 字	214	
禴祀敦	郾侯簋（1320）	F：683 C：—— S：2448	存 32 字	15	
買敦	買簋（1321）	F：589 C：1863 S：2460	33 字	24	乙未本加。
（一）太保敦 （二）王伐彔子敦	大保簋（1323）	F：590 C：1865 S：2462	34 字	（一）21 （二）133	
居後彝	居簋（1324）	F：684 C：—— S：2464	35 字	20	
亟皇父敦	亟皇父簋（1326）	F：591 C：1866~1867 S：2465~2467	各 36 字	31	
鄦侯敦	鄦侯簋（1327）	F：591 C：1871 S：2469	37 字	69	乙未本加。
敔鼎	敔簋（1329）	F：592，890 C：1873 S：2475	各 40 字	17	嘉興張讓木藏器，徐同柏誤此簋爲鼎，《愙齋》因之。
郜公敦	郜公簋（1337）	F：593 C：1879 S：2492	44 字	104	
君夫敦	君夫簋（1338）	F：594 C：1880 S：2493	44 字	123	
使夷敦	守簋（1339）	F：595 C：1881~1883 S：2494~2496	44 字	164	
封敦	封簋（1340）	F：594 C：1884~1885 S：2497~2498	各 44 字	99	

		F：595		（一）83	
（一）白厨敦 （二）高伯厨敦 （三）亭伯厨敦	鄘伯厨簋（1342）	F：595 C：1887 S：2502	45 字	（一）83 （二）110 （三）154	
豐姞敦		F：595 C：1888 S：2503	45 字	122	
（一）尹叔敦 （二）彫姞敦	蔡姞簋（1345）	F：596，685 C：1528 S：2506	50 字	（一）44 （二）212	
師遽敦	師遽簋（1351）	F：597 C：1893 S：2516	57 字	3	
（一）畢仲敦 （二）畢仲孫子敦	段簋（1352）	F：598 C：1894 S：2517	57 字	（一）167 （二）245	
無㠱敦	無㠱簋（1353）	F：598 C：1895~1898 S：2519~2522	各 58 字	1	乙未加本。
追敦	追簋（1355）	F：599 C：1900~1903 S：2526~2531	59 字	77	
史頌敦	史頌簋（1356）	F：600 C：1904~1910 S：2532~2539	各 63 字	92	
宂敦	免簋（1358）	F：600 C：1913 S：2542	64 字	154	
叔向敦	弔向簋（1360）	F：601 C：1914 S：2543	65 字	28	
趩尊	趩簋（1361）	F：120，427 C：2394 S：4456	68 字	34	容庚於《金文編》器目表中更正。
格伯敦（B）	格伯簋（1362）	F：603，604 C：1916~1920 S：2558~2562	各 77 至 82 字	64	
趠鼎	趠簋（1363）	F：901 C：933 S：2563	83 字	123	乙未本加。 容庚云：作鼎誤。
楷妃彝	縣妃簋（1364）	F：605，688 C：1532 S：2564	89 字	141	乙未本加。
靜敦	靜簋（1369）	F：605，688 C：1533 S：2566	90 字	193	

（一）豆閈敦 （二）豆閈敦	豆閉簋（1368）	F：606 C：1924 S：2569	92 字	（一）188 （二）314	乙未本加。
師豬敦	師筡簋（1369）	F：606 C：1925 S：2571	99 字	46	乙未本加。
伊敦	伊簋（1371）	F：607 C：1927 S：2579	103 字	14	乙未本加。
召伯虎敦	召伯簋（1372）	F：607 C：1928 S：2581	104 字	242	
師酉敦	師酉簋（1374）	F：609 C：1929 S：2582~2585	各 106 字	152	
揚敦	揚簋（1375）	F：609 C：1933~1934 S：2588~2589	107 字	21	乙未本加。
大敦	大簋（1376）	F：608 C：1935~1936 S：2590~2591	107 字	63	乙未本加。
聃敦	大豐簋（1379）	F：603 C：1915 S：2557	77 字	187	
彔伯戎敦	彔伯簋（1380）	F：610 C：1938 S：2594	112 字	130	
師𡍬敦	師𡍬簋（1381）	F：611 C：1939~1940 S：2603~2604	113 字至 117 字	123	
師虎敦	師虎簋（1383）	F：612 C：1941 S：2606	124 字	75	
師穌父敦	師毀簋（1388）	F：613 C：1948~1949 S：2615~2616	器 142 字 蓋 125 字	27	
歸夆敦	茻伯簋（1389）	F：614 C：—— S：2618	150 字	1	乙未本加。
卯敦	卯簋（1390）	F：615 C：1951 S：2619	152 字	45	
頌敦	頌簋（1392）	F：616 C：1953~1960 S：2621~2628	各 152 字	39	

			F：615 C：1961 S：2629	152 字	27	乙未本加。
八、簋	不娶敦	不娶簋（1393）	F： C： S：	239		
	呂伯孫敦					
	史頌簋	史頌簋（1396）	F：711 C：1965 S：2639	6 字	46	乙未本加。
	鼖君簋	鼖君簋（1398）	F：712 C：1967 S：2642	6 字	68	乙未本加。
	遂耒簋	迖耒簋（1399）	F：712 C：1968 S：2643	6 字	225	乙未本加。
	（一）虢叔簋（A） （二）虢叔作叔殷毅簋	虢弔作弔殷毅簋（1401）	F：712 C：1969 S：2651	8 字	（一）138 （二）68	
	虢叔簋（B）	虢弔簋（1407）	F：713 C：1978~1979 S：2665~2666	10 字	75	
	魯士陴父簋	魯士簋（1408）	F：713 C：1980~1983 S：2667~2670	各 10 字	68	
	寋簋	寋簋（1412）	F：715 C：1992 S：2680	12 字	70	
	旅虎簋	旅虎簋（1416）	F：716 C：1999~2001 S：2689~2691	14 字	68	
	魯伯愈父簋	魯伯簋（1420）	F：717 C：2004~2006 S：2699~2701	16 字	143	
	商丘叔簋	商丘弔簋（1422）	F：718 C：2008~2011 S：2704~2705	17 字	68	乙未本加。
	尹氏簋	尹氏匡（1423）	F：718 C：2012 S：2706	17 字	204	
	師麻簋	師麻匡（1424）	F：718 C：2013 S：2707	17 字	118	乙未本加。
	鑄子叔黑臣簋	鑄子簋（1425）	F：718 C：2014~2016 S：2708~2710	各 17 字	190	乙未本加。

（一）季良簠 （二）季良父簠	季良父簠（1427）	F：719 C：2018~2019 S：2715~2717	18 字	（一）97 （二）193	
留君簠	留君簠（1431）	F：719 C：2028~2031 S：2726~2730	21 字	142	
伯其父簠	伯其父簠（1432）	F：721 C：2032 S：2731	22 字	68	
史免簠	史免匡（1433）	F：720 C：2033 S：2732	各 22 字	204	
齊陳曼簠	齊陳曼簠（1434）	F：721 C：2034~2035 S：2733~2734	22 字	23	
（一）鄀公簠 （二）鄀公緘簠	鄀公簠（1437）	F：722 C：2040 S：2739	27 字	（一）36 （二）68	
鄭伯大司工簠	召弔山父簠（1439）	F：722 C：2042~2043 S：2741	31 字	14	
叔家父簠	弔家父匡（1411）	F：723 C：2044 S：2745	31 字	181	
鄦子妝簠	鄦子簠（1442）	F：723 C：2045 S：2746	33 字	101	
邾太宰簠	邾太宰簠（1444）	F：724 C：2047~2048 S：2750~2751	38 字	121	
弡中簠		F：725 C：—— S：2753	51 字	34	
陳逆簠		F：726 C：2050 S：2754	77 字	244	
曾伯霖簠	曾伯簠（1446）	F：726 C：2051~2052 S：2755~2756	92 字	27	
鄧伯簋	登伯盨（1449）	F：696 C：2055 S：2759	6 字	101	乙未本加。
叔倉父簋	弔倉父盨（1450）	F：695 C：2056 S：2760	6 字	81	

		F：696 C：2057~2058 S：2762~2763			
中伯作變姬簋	中伯盨（1451）	F：696 C：2057~2058 S：2762~2763	8 字	197	
史克簋	史克盨（1452）	F：696 C：2059 S：2764~2765	9 字	68	
立簋	立盨（1454）	F：697 C：2061 S：2774	11 字	68	乙未本加。
叔姞簋	弔姞盨（1455）	F：698 C：2062 S：2775	11 字	193	
仲義父簋	仲義父盨（1456）	F：697 C：2063~2064 S：2776~2777	各 11 字	68	乙未本加。
叔賓父簋	弔賓父盨（1458）	F：698，709 C：2067 S：2781	12 字	98	乙未本加。
叔簋	弔盨（1459）	F：699 C：2068 S：2782	12 字	68	
中櫟父簋	仲櫟盨（1462）	F：699 C：2071 S：2788	13 字	80	乙未本加。
周貉簋	周雒盨（1464）	F：698 C：2073 S：2790	13 字	156	羅福頤作周骼簋。
鄭義羌父簋	鄭義羌父盨（1466）	F：700 C：2075~2076 S：2793~2794	13 字	68	
易叔簋	易弔盨（1468）	F：700 C：2078 S：2796	14 字	68	乙未本加。
髙叔興父簋	髙弔盨（1469）	F：700 C：2079 S：2797	各 15 字	40	
伯孝簋	伯孝盨（1470）	F：701 C：2080 S：2798	各 15 字	181	
鄭邢叔簋	鄭丼弔盨（1471）	F：701，709 C：2082 S：2800~2801	各 15 字	68	
（一）瑱簋 （二）瑱簋	瑱盨（1476）	F：702 C：2086 S：2807	16 字	（一）68 （二）156	

遣叔簋	遣弔盨（1477）	F：702 C：2087~2088 S：2808~2810	16 字	193	乙未本加。
改簋	改盨（1479）	F：703 C：2089 S：2811	17 字	150	
鼻叔簋	鼻弔盨（1482）	F：704 C：2093 S：2815	18 字	48	
中師父敦	仲㠯父盨（1487）	F：707，710 C：2098 S：2822	存 22 字	221	
曼龏父簋	曼龏父盨（1488）	F：704，705 C：2099~2101 S：2823~2825	23 字	44	
（一）叔班簋 （二）**𦥯**叔作叔班簋	弜弔盨（1490）	F：750 C：2102 S：2826	23 字	（一）68 （二）303	
（一）遲敦 （二）遲簋	遲盨（1491）	F：706 C：2103 S：2827	23 字	（一）26 （二）192	
克簋	克盨（1496）	F：707，710 C：2111 S：2851	107 字	3	乙未本加。
十、敦 齊侯敦	齊侯敦（1499）	F：555 C：1674~1675 S：2856~2857	各 11 字 34 字	83	
拍盤	拍敦蓋（1500）	F：115，450，467 C：2380 S：2860	26 字	36	
陳侯因𩩲敦	陳侯因𩩲敦（1503）	F：603，687，900，960 C：1921 S：2865	79 字	34	
十一、豆 太師虘豆	太師虘豆（1508）	F：730 C：2121 S：2874	28 字	174	
十二、爵 子爵（A）	子爵（1510）	F：257，340 C：3468~3470 S：2890~2893	1 字	242	
（爵文（A））	団爵（1511）	F：258 C：3471 S：2894	1 字	288	
魚爵	魚爵（1530）	F：263 C：3510~3515 S：2933~2938	1 字	184	

（爵文（B））	爵（1566）	F：260 C：3552 S：2977	1字	288	
射爵	射爵（1544）	F：262 C：3571 S：2999	1字	81	
（爵文（C））	華爵（1546）	F：256 C：3574 S：3004	1字	31	
（爵文（D））	六爵（1560）	F：255，257 C：3610~3613 S：3047~3052	1字	288	
糕爵	糕爵（1565）	F：311 C：3630 S：3132	1字	317	乙未本加。
父丁爵（A）		F：275 C：3655~3665 S：3168~3181	2字	43，238	
（爵文（E））	甲爵（1598）	F：278 C：3702 S：3224	2字	288	
父辛爵（A）		F：276 C：3675~3684 S：3194~3204	2字	240	
亞乙爵	亞中乙爵 （1600）	F：304 C：3711 S：3402	2字	317	乙未本加。
山丁爵		F：273 C：3714 S：3235	2字	153	
子乙爵		F：271 C：3710 S：3232	2字	238	《三代》名曰荷 戈形乙爵。
丁舉爵		F：269 C：3716 S：3237	2字	301	
中自爵		F： C： S：	2字	246	《三代表》定爲 疑。
子爵	子爵（1619）	F：271，304 C：3757 S：3283	2字	288	
（一）子丁爵 （二）子爵（B）	子丁爵（1620）	F：270 C：3758 S：3284	2字	（一）家刊本 〈附錄〉21頁。 （二）乙未本 〈附錄〉316 頁。	

子爵（C）	子蝠形爵（1612）	F：272 C：3738~3741 S：	2字	316	
子申子乙爵	⽥且乙爵（1663）	F：316 C：3836 S：3410	3字	246	
山且丁爵	山且丁爵（1667）	F：293 C：3843 S：3419	3字	153	
（一）且庚爵 （二）⽥且庚爵	⽥且戊爵（1668）	F：308 C：3851 S：3427	3字	（一）287 （二）240	愙齋、雪堂皆作且庚，容庚改爲且戊。
且己爵	⽤且己爵（1669）	F：282 C：3846~3847 S：3422~3423	3字	287	
魚父丙爵	魚父丙爵（1682）	F：310 C：3890 S：3472	3字	238	
（一）父丙爵 （二）父丙爵	父丙爵（1684）	F：325 C：3892 S：3474	3字	（一）238 （二）238	
貴父辛爵		F：325 C：3998~4000 S：3587~3589	3字	47	
木父丁爵	木父丁爵（1700）	F：295 C：3922 S：3505~3506	3字	87	
（一）父戊爵（A） （二）父戊爵	父戊爵（1705）	F：307 C：3933 S：3520	3字	（一）287 （二）239	
父戊爵（B）	戊爵（1708）	F：319 C：3936 S：3523	3字	287	
（一）戊父爵 （二）舉戊父爵	戊父爵（1710）	F：314 C：3941 S：3527	3字	（一）300 （二）239	
父辛爵		F：312 C：4013 S：3599	3字	306	
（爵文（F））		F：295 C： S：	3字	166	吳式芬作方奚爵。方濬益作戈方奚爵。
子父庚爵	子父庚爵（1726）	F：292 C：3974 S：3561	3字	240	

		F：297			
父辛爵（B）	団父辛爵（1727）	C：3981 S：3570	3字	288	
父辛爵（C）		F：300 C：3988 S：3577	3字	46	《三代》作史父辛爵。
（一）畐父辛爵 （二）父辛爵（D）	畐父辛爵（1733）	F：307 C：3993 S：3582	3字	（一）2 （二）317	
父辛爵（E）		F：306 C：4005 S：3591	3字	287	
父壬爵	糸父壬爵（1741）	F：303 C：4014 S：3602	3字	288	
父癸爵	父癸爵（1758）	F：306 C：4048 S：3638	3字	287	
乃乙爵	妣乙爵（1760）	F：291 C：4051 S：3643	3字	317	乙未本加。《周目》作父癸爵，誤。
立瞿總角形爵	中爵（1770）	F：301 C：4068 S：3662	3字	283	
唐子且乙爵	唐子且乙爵（1787）	F：324 C：4070~4072 S：3714~3717	4字	16	
子父乙爵	子父乙爵（1790）	F：317 C：4076 S：3721	4字	283	
（一）舉咤爵 （二）舉咤父乙爵	敬父乙爵（1791）	F：326 C：4078 S：3723	4字	（一）17 （二）301	
（爵文（G））		F：314 C：4081 S：3726	4字	289	羅福頤作父乙爵。
加作父戊爵	加爵（1797）	F：320 C：4092~4093 S：3739~3740	4字	239	
子壬乙辛爵	子乙爵（1807）	F：316 C：4115 S：3764	4字	240	羅福頤作子壬乙酉爵。
亞爵	亞作父乙爵（1809）	F：280，319 C：4122~4123 S：3785~3786	4字	286	

父戊舟爵	父戊舟爵（1819）	F：328 C：4133~4134 S：3796~3797	5 字	239	
（一）癸罗爵 （二）癸罗作考戊爵	癸旻爵（1820）	F：331 C：4135 S：3798	5 字	（一）287 （二）239	
（一）觚爵 （二）𦥑爵	觚爵（1822）	F：332 C：4141 S：3806	5 字	（一）248 （二）287	
𠙹爵	伯铝爵（1823）	F：330 C：4142 S：3807	5 字	303	
剛爵	剛爵（1825）	F：331 C：4144 S：3809	5 字	64	乙未本加。
甘殳父爵	甘殳父爵（1826）	F：332 C：4145 S：3810	5 字	302	
京作天廟爵		F：327 C： S：	5 字	154	乙未本加。 《三代表》定爲 疑。文意不古。
（爵文（H））		F：332，657 C：4150 S：3815	5 字	48	羅福頤作小隻 爵。
（一）且辛爵 （二）𢼸作祖辛爵	且辛爵（1831）	F：333 C：4155 S：3823	6 字	（一）165 （二）229	
父丁爵（B）	𩵋爵（1830）	F：333，352 C：4154 S：3822	6 字	288	
子孫父乙爵	貝佳爵（1837）	F：335 C：4165~4166 S：3834~3835	7 字	297	
父己爵	守冊父己爵（1838）	F：321，336 C：4055，4094 S：3741	7 字	121	《周目》作 4 字， 鋬銘作「冊丁𩵋」 三字，共 7 字。
作乃父爵	口作乒父爵（1840）	F：335 C：4168 S：3837	7 字	248	
美爵	美爵（1841）	F：336 C：4169~4170 S：3841	8 字	72	
（一）魯侯角 （二）魯侯作鬱鬯角	魯侯角（1847）	F：337，353， 697 C：4208 S：3850	10 字	（一）3 （二）79	容庚改角爲爵。

	盂爵	盂爵（1850）	F：338 C：4179 S：3853	21 字	71	
十三、角	召夫角	亞中鼻夫角 （1851）	F：349 C：4180 S：3854			乙未本加。
	鼎子孫祖己角	且己角（1854）	F：352 C：4187 S：3862			
	鼎子孫父戊角		F：156，328， 352 C：4197 S：3870			
	子孫角	天黿父乙角（1859）	F：350 C：4201~4202 S：3878~3879			
	父乙角（A）	陸父乙角（1860）	F：324，351 C：4203 S：3880	4 字	233	
	父乙角（B）	父乙爻角（1861）	F：351 C：4205 S：3884	4 字	54	
	王作母癸角		F：352 C：4206 S：3885	5 字	195	
	（一）索諆角 （二）日辛角	索角（1864）	F：353 C：4207 S：3887	9 字	（一）122 （二）115	
	丁未伐商角	丁未角（1865）	F：354，675 C：4209 S：3888	13 字	31	
	丙申角	丙申角（1867）	F：354 C：4211 S：3890	各 16 字	246	
	宰椃角	宰椃角（1868）	F：354 C：4212 S：3891	29 字	65	
十四、斝	（斝文）	兒斝（1872）	F：340 C：2879 S：3899	1 字	288	
	冊乙斝	䑣乙斝（1880）	F：341 C：2888 S：3927	2 字	238	
	父丁斝	父丁斝（1894）	F：346 C：2919 S：3968	6 字	214	

<table>
<tr><td rowspan="16" style="writing-mode:vertical">十五、盉</td><td>兄癸卣</td><td>壽兄癸卣（2637）</td><td>F：168，346
C：2920~2921
S：3969~3970</td><td>各 6 字</td><td>248</td><td>《三代》作斝，容庚改爲卣。《周目》、《孫目》作斝不改。</td></tr>
</table>

	父戊盉	酋父戊盉（1912）	F：438，450 C：2945 S：4004	3 字	家刊本〈附錄〉26 頁。	
	父乙盉	簸參父乙盉（1919）	F：441 C：2954 S：4016	各 4 字	111	
	伯䜌盉	伯春盉（1930）	F：442 C：2966 S：4030	5 字	169	
	（一）𢼊作父丁盉 （二）立戈父丁盉	戈𢼊盉（1932）	F：444 C：2969 S：4035	各 6 字	（一）291 （二）214	
	（一）𤕭王盉 （二）緜王盉	𤕭王盉（1933）	F：443 C：2971 S：4037	6 字	（一）76 （二）156	
	伯矩盉	伯矩盉（1934）	F：443 C：2972 S：4038	6 字	70	乙未本加。
	（一）伯䛐盉 （二）𠁁䛐盉	伯䛐盉（1935）	F：443 C：2973 S：4039	6 字	（一）76 （二）306	
	茲女盉	嘗父盉	F：444 C： S：	7 字	61	《三代表》定爲疑。
	伯憲盉	伯富盉（1939）	F：445 C：2975 S：4052	各 10 字	168	
	史孔盉	史孔盉（1940）	F：445 C：2976 S：4053	11 字	187	
	包君盉	𩰬君盉（1943）	F：446 C：2979 S：4056	存 12 字	194	乙未本加。
	匽侯盉	亞盉（1945）	F：445，483 C：2981 S：4059	各 14 字	185	
	伯角父盉	伯角父盉（1947）	F：446 C： S：	17 字	65	
	季良父盉	季良父盉（1948）	F：446 C：2982 S：4062	18 字	76	

十六、尊

中皇父盉	仲皇父盉（1949）	F：446 C：2983 S：4063	19字	193	乙未本加。
穗尊	甫尊（1960）	F：67 C：2146 S：4097	1字	117	
象方尊	象尊（1963）	F：64 C：2150 S：4504	各1字	286	
（一）亞形尊 （二）亞形姁尊	亞中此尊（1965）	F：70 C：2153 S：4121	1字	（一）19 （二）195	
尊	尊（1968）	F：72 C：2237 S：4222	1字	235	
亞尊	亞劳尊（1980）	F：70 C：2170 S：4140	2字	289	
桃父己尊	父己尊（2000）	F：80 C：2206 S：4185	3字	283	
（一）父壬尊 （二）舟形父壬尊	舟父壬尊（2007）	F：75 C：2216 S：4196	3字	（一）143 （二）241	
山形父壬尊	山父壬尊（2008）	F：73，634 C：2217 S：4197	3字	318	乙未本加。
父癸卣	父癸魚卣（2501）	F：139 C：2223 S：4204	3字	184	《三代》作尊，容庚改爲卣。《周目》、《孫目》作尊不改。
子且辛尊	子且辛尊（2020）	F：91，155 C：2239 S：4237	4字	228	
父乙尊	作父乙旅尊（2021）	F：89 C：2241 S：4239	4字	230	
文父丁匜	文父丁匜（2932）	F：94，477 C：2246～2247 S：4244～4245	4字	150	《三代》作尊，容庚改爲匜，《周目》、《孫目》作尊不改。
雙總角形子父己尊	子父己尊（2025）	F：93，156 C：2248 S：4247	4字	283	
父庚尊	父庚尊（2026）	F：81 C：2250 S：4249	4字	240	

𩰬尊	𩰬尊（2034）	F：86 C：2265 S：4265	4字	201	
魚尊	魚作父庚尊（2041）	F：92，159 C：2278 S：4288	5字	184	
父辛尊（A）	𢽾父辛尊（2043）	F：89 C：2280 S：4290	5字	283	父辛尊（B）改入壺類8字。
矩尊	矩尊（2049）	F：91 C：2288~2289 S：4298~4299	5字	70	乙未本加。
商作父丁尊	商角蓋（1863）	F：97 C：2295 S：4311	6字	247	愙齋、《三代》作尊，容庚改爲角。《周目》、《孫目》作尊不改。
（一）朕作父癸觶 （二）父癸尊	朕尊（2057）	F：95，423 C：2303 S：4320	6字	（一）242 （二）143	第（二）乃乙未本新增。
伯矩尊	伯矩尊（2059）	F：95 C：2306~2307 S：4323~4325	6字	70	乙未本加。
（一）伯戔尊 （二）伯戔尊	伯戔尊（2061）	F：96，163，658 C：2309 S：4327~4329	各6字	（一）161 （二）161	
郘季尊	嬴季尊（2063）	F：98 C：2311 S：4331	6字	100	
員父鼎	員父尊（2065）	F：97，546，165 C：2313 S：4333	6字	96	員父鼎不詳，《古籀補》所引字形與員父尊同。
應公尊	應公尊（2066）	F：98，165 C：2314 S：4334	6字	58	
𦥑𤔫尊	𦥑𤔫尊（2068）	F：97 C：2316 S：4337	6字	214	
（一）仲東尊 （二）中叔尊	仲弔尊（2071）	F：100 C：—— S：——	6字	（一）305 （二）230	
羕史尊	羕史尊（2072）	F：98 C：—— S：——	6字	182	乙未本加。
（一）亞𢀛作且丁尊 （二）𢀛作且丁尊	亞耳尊（2075）	F：99，665 C：2317 S：4344	7字	（一）284 （二）213	

逆作父丁尊	逆尊（2078）	F：100 C：2325 S：4352	7 字	22	
𩰋尊	𩰋尊（2082）	F：107 C：2329 S：4356	7 字	34	乙未本加。
（一）魚作父己尊 （二）魚父己尊	魚作父己尊（2083）	F：101 C：2330 S：4357	7 字	（一）134 （二）184	
日戊尊	咏尊（2086）	F：101 C：2333 S：4360	7 字	297	
虢叔作叔殷毅尊	虢弔尊（2098）	F：105 C：2346 S：4380	8 字	243	
（一）旁尊 （二）𤰞旁尊	周𤰞旁尊（2106）	F：107，174 C：2354 S：4391	9 字	（一）2 （二）283	
（一）傳尊 （二）傳作父戊尊	傳尊（2107）	F：106，177 C：2355 S：4392	9 字	（一）135 （二）239	
日癸敦	𤇾胖尊（2109）	F：106 C：2357 S：4394	9 字	112	
𠂤尊		F：103 C：—— S：4397	9 字	214	
弘尊	弘尊（2112）	F：107 C：2359 S：4399	10 字	63	
（一）王田尊 （二）王圭父丁尊	王占尊（2114）	F：110 C：2360~2361 S：4402~4403	各 11 字	（一）304 （二）51	
𠂤厗尊	犀尊（2115）	F：107 C：2362 S：4404	11 字	49	
鳳尊	佣尊（2116）	F：108 C：2363 S：4405	11 字	59	
黃尊	黃尊（2129）	F：111 C：—— S：4423	16 字	33	乙未本加。
日辛敦	燮尊（2130）	F：112 C：—— S：4426	容庚云 16 字。 F‧S‧並 云 18 字。	296	浙江海昌陳受笙藏，《筠清館》錄揚本作彝。意齋仍其誤，今正。

十七、瓿

（一）御尊 （二）御方尊	御尊（2131）	F：112 C：2374 S：4529	17字	（一）27 （二）246	
公中鼎	乎作父辛尊（2132甲）	F：114，680 C：1515 S：2361	22字	16	容庚、《孫目》以爲簋，《周目》作彜。《金詁》以爲尊，並補以器號（2132甲）。而《金詁》周字下作（2152甲），誤寫。
（一）格仲尊 （二）格中尊	靳尊（2136）	F：114 C：2379 S：	25字	（一）150 （二）224	
丁子尊	舲尊（2138）	F：115 C：2382 S：4437	27字	235	
遣尊	遣尊（2139）	F：116 C：2383~2385 S：4438	28字	282	
叴尊	孚尊（2147）	F：119，427 C：2391 S：4454	53字	200	羅福頤作受尊。
趞尊	趞簋（1361）	F：120，427 C：2394 S：4456	68字	46	乙未本加。容庚改尊爲簋，《周目》、《孫目》作尊不改。
商方尊		F： C： S：		4，93，192	（不詳）
（瓿文（A））	宀瓿（2180）	F：359 C：3059~3060 S：5409~5410	1字	288	
襄瓿	襄瓿（2182）	F：367 C：3065~3068 S：5473~5476	1字	286	
（瓿文（B））		F：362 C： S：	1字	166	
己父瓿		F：365 C：3072~3073 S：5483~5484	2字	239	愙齋、《敬吾》、《小校》作奚瓿《三代表》定爲僞。容庚《金文編》2186號器……
兕形瓿	羊己瓿（2208）	F：368 C：3082 S：5493	2字	239	

（一）且乙觚 （二）孫且乙觚	且乙觚（2229）	F：375 C：3121 S：5571	3字	（一）238 （二）207	
（一）父乙觚 （二）父乙子豕觚	父乙豕觚（2234）	F：379 C：3129 S：5656	3字	（一）155 （二）242	
子孫父戊觚		F：378 C：3144 S：	3字	239	《三代》作析子孫父戊觚。
申父癸觚	⿸父癸觚（2242）	F：350，373，405 C：3161 S：5613	3字	246	
子父觚	子父庚觚（2244）	F：371 C：3164 S：5616	3字	43	
鼎子孫父丁觚		F：383 C：3142 S：5590	3字	242	
相作父丁觚	省觚（2262）	F：381 C：3182 S：5657	4字	55	
乙亳觚	乙亳觚（2267）	F：377 C：—— S：	4字	82	乙未本加。
婦鵑觚	婦鵑觚（2270）	F：384 C：3198 S：5693	5字	289	
天子⿴作父丁觚	王子⿴觚（2273）	F：385 C：3204 S：5701	7字	271	
（一）父戊觚 （二）招觚		F：387 C：—— S：5714	16字	（一）190 （二）249	
癸觶	癸觶（2291）	F：392 C：3237~3239 S：5745~5747	1字	241	
子立刀形觶		F：394 C：3279 S：5807	2字	242	
夋作觶	夋觶（2311）	F：398 C：3289 S：5818	2字	258	
祖戊觶	⿰且戊觶（2324）	F：409 C：3302 S：5840	3字	229	

十八、觶

父戊觶	[illegible]父戊觶（2344）	F：410 C：3344 S：5882	3 字	317	乙未本加。
子父庚觶	子父庚觶（2354）	F：404 C：3359 S：5895	3 字	240	
聿貝父辛觶	賮父辛觶（2358）	F：414 C：3366 S：5902	3 字	47	
父辛觶（A）	羊父辛觶（2362）	F：406 C：3375 S：5912	3 字	59	
父辛觶（B）	亞中斿父辛觶（2364）	F：415 C：3378 S：5990	3 字	143	
父癸觶	矢父癸觶（2369）	F：405 C：3389 S：5925	3 字	290	
（觶文）	戚觶（2377）	F：409 C：3407 S：5945	3 字	202	
子父乙觶	天父乙觶（2388）	F：423 C：3418 S：5967	4 字	289	
父丁告田觶	告田觶（2392）	F：414 C：3423 S：5975	4 字	13	
子[illegible]父己觶	子[illegible]父己觶（2396）	F：412 C：3429 S：5984	4 字	289	
父辛觶（C）	[illegible][illegible]父辛觶（2398）	F：413 C：3431 S：5988	4 字	289	
[illegible]子作父丁觶	𠂤子觶（2408）	F：418 C：3443 S：6010	5 字	242	頁 289 [illegible]子作父丁觚未詳，銘文同此。
魚父丁觶	鬳父丁觶（2409）	F：423 C：3444 S：6011	5 字	184	頁 238 魚父丁觚未詳，銘文同此。
封作父乙觶	丰觶（2415）	F：421 C：3448 S：6016	6 字	218	
（一）且辛觶 （二）析子孫且辛觶	作且辛觶（2425）	F：425 C：3458 S：6032	7 字	（一）214 （二）289	

遽中觶	遽仲觶（2426）	F：426 C：3459 S：6039	7 字	24	
母甲觶	杠觶（2427）	F：424 C：3460 S：6033	7 字	195	
（一）龍山父戊觶 （二）子作父弋觶		F：425 C：3463 S：6040	8 字	（一）43 （二）153	
周公觶	小臣單觶（2432）	F：426 C：3466 S：6046	22 字	26	乙未本加。
（一）（方尊） （二）母🔲諸婦方尊	女🔲方彝（2439）	F：84，153 C：2259 S：4517~4518	各 4 字	（一）34 （二）283	
（一）🔲方尊 （二）🔲作父辛尊	🔲方尊（3441）	F：174 C：1462~1463 S：4523~4524	各 8 字	（一）248 （二）284	
師遽方尊	師遽方彝（2443）	F：120，687 C：2393 S：4534	66 字	33	
（一）吳尊 （二）吳方尊	吳方彝（2444）	F：121，689 C：1534 S：4534	102 字	（一）29 （二）164	
（卣文（A））	奚卣（2447）	F：127 C：2536 S：4540	各 1 字	166	
申卣	🔲卣（2449）	F：126 C：2540 S：4544	1 字	246	
丙足迹形卣	🔲卣（2453）	F：131 C：2545 S：4550	各 1 字	238	
（卣文（B））	（🔲）卣	F：128 C：2564~2566 S：4573~4576	1 字	285	
🔲卣	🔲卣（2468）	F：128 C：—— S：4588	1 字	78	
🔲卣	己🔲卣（2482）	F：68，129，131 C：2581~2582 S：4611~4612	2 字	239	
🔲🔲卣	🔲🔲卣（2490）	F：134 C：2595 S：4627~4628	各 2 字	301	

一九、方彝

二〇、卣

嘉母卣	嫰卣（2466）	F：134 C：2597 S：4630	2字	73	羅福頤作劼女卣。
（一）且乙卣 （二）子執旂且乙卣	且乙卣（2503）	F：152 C：2608 S：4650	各3字	（一）238 （二）242	
且癸卣		F：143 C：2614 S：4657	各3字	242	
父乙卣（A）	冊父乙卣（2511）	F：79，139 C：2620 S：4664	各3字	29	
父乙卣（B）	𤔲父乙卣（2513）	F：138 C：2623 S：4667	各3字	284	
父乙卣（C）	𤔲父乙卣（2519）	F：135 C：2630 S：4673	各3字	288	
（一）析子孫父丁卣 （二）冊子孫父丁卣		F：155 C：2633 S：4677	3字	（一）300 （二）207	
父己卣（A）	受父己卣（2524）	F：139 C：2636 S：4685	各3字	262	
父己卣（B）		F：138，141 C：2640 S：4689~4690	3字	318	乙未本加。 《三代》作酉父己卣。
父辛孫卣	父辛黽卣（2535）	F：139 C：2654 S：4708	3字	207	
圖卣	子𤔲圖卣（2544）	F：137 C：2667 S：4720~4721	各3字	95	
母卣	母卣（2546）	F：140 C：2670 S：4724	各3字	213	
舟万父丁卣	舟父丁卣（2565）	F：83，149 C：2693 S：4770	4字	143	
（一）父庚卣 （二）家立戈父庚卣	家戈父庚卣（2569）	F：158 C：2697 S：4775	4字	（一）118 （二）240	
匕𤔲父癸卣	刀𤔲父癸卣（2571）	F：147 C：2700 S：4778	各4字	241	羅福頤作刀俎形父癸卣。

作車寶彝卣蓋	作旅卣（2579）	F：150，153 C：2712~2713 S：4791~4792	4字	230	乙未本加。
子孫父癸卣	天黽父癸卣（2573）	F：82，148 C：2702 S：4780	4字	241	
畧作妣卣	畧作𤔲卣（2576）	F：153 C：2706 S：4785	4字	252	
（一）𢼸卣 （二）𪉷卣	𪉷卣（2578）	F：150 C：2711 S：4789	各4字	（一）201 （二）213	
（卣文（C））	作寶尊彝卣（2580）	F：154 C：2715~2721 S：4796~4805	各4字	279	
父戊卣	𢼸父戊卣 （2584）	F： C：—— S：4807	各4字	288	僅見於《錄遺》二五三。
女歸卣	女帚卣（2586）	F：154 C：2669 S：4723	各5字。 周目、孫 目作3字	192	《三代》作婦庚卣。《孫目》作𡚽／婦隶卣。 《周目》遺漏《金文編》之器號。
（一）且乙父己卣 （二）亞形祖乙卣	亞中且乙父己卣 （2587）	F：163 C：2722 S：4845	各5字	（一）301 （二）229	
（一）祖己父辛卣 （二）⊕父辛卣	且己父辛卣（2588）	F：158 C：2723 S：4818	各5字	（一）229 （二）240	
魚作父庚卣		F：159 C：—— S：4827	5字	240	
父己卣（C）	曲卣（2593）	F：160 C：2729 S：4824	5字	285	
冊冊陸父庚卣	冊陸父庚卣（2595）	F：159 C：2731 S：4826	各5字	240	
（一）黿卣 （二）黿卣	黿卣（2599）	F：159 C：2738 S：4833	各5字	（一）61 （二）248	
（一）卣文（D） （二）𤔲卣	肇卣（2601）	F：160 C：2741 S：4836	5字	（一）285 （二）248	
𤔲卣	𤔲卣（2604）	F：154 C：2745 S：4839	5字	249	

汪伯卣	汪伯卣（2618）	F：163 C：2757 S：4856	各6字	175	
伯魚卣	伯魚卣（2620）	F：162 C：2759 S：4858	蓋6字	184	
父辛卣（A）		F：155，161 C：2751 S：4853	6字	249	《三代》作「作父辛卣」。
伯矩卣	伯矩卣（2621）	F：162 C：2760~2763 S：4859~4862	各6字	70	乙未本加。
中鰄卣	仲鰄卣（2625）	F：162 C：2768 S：4865	各6字	156	
叔戢卣	弔戢卣（2626）	F：163，812 C：2769 S：4866	各6字	43	乙未本加。
（一）丼季夒卣 （二）丼季卣	丼季卣（2627）	F：169 C：2770 S：4867	各6字	（一）160 （二）111	
衞父卣	衞父卣（2629）	F：165 C：2772 S：4869	各6字	28	
鄉卣	卿卣（2631）	F：164，170，546，666 C：2774~2775 S：4871~4872	各6字	141	乙未本加。
向卣	向卣（2632）	F：172 C：2776 S：4873	各6字	248	
安父卣		F：162 C： S：	6字	120	
▽己且丁父癸卣	篮卣（2644）	F：170 C：2785 S：4902	各7字	2	
（一）父丁卣 （二）立戈父丁卣	車卣（2647）	F：171 C：2788 S：4906	7字	（一）213 （二）230	
亞形父丁卣	無憂卣（2648）	F：173 C：2789 S：4907	7字	93	
子孫父己卣	尸作父己卣（2651）	F：167 C：2792 S：4911	蓋6字 器7字	242	乙未本加。

		F：166 C：2793 S：4912	各7字	（一）249 （二）285	
（一）🗆卣 （二）父己卣（D）	🗆卣（2652）				
聿貝父辛卣		F：171 C：2795 S：4914	7字	47	
父辛卣（B）	⺌旨卣（2655）	F：167 C：2797 S：4916	7字	302	
矢伯卣	矢伯卣（2658）	F：168 C：2800 S：4919	各7字	81	
闕作宮伯卣	闕卣（2660）	F：173 C：2802 S：4921	7字	277	
雖卣	雝卣（2665）	F：174 C：2806 S：4935	各8字	58	
（一）狖伯卣 （二）狖伯罰卣	狌伯卣（2671）	F：173 C：2812 S：4940	8字	（一）64 （二）184	
（一）伯晨卣 （二）伯晨卣 （三）伯晨作姒室卣	伯晨卣（2673）	F：172，175 C：2814~2815 S：4942~4943	各8字	（一）55 （二）135 （三）195	
日壬卣		F：175 C：—— S：4955	9字	144	乙未本加。
咎作父癸卣	僭卣（2677）	F：176 C：2819 S：4956	9字	136	
剌卣	剌卣（2678）	F：177 C：2820 S：4957	各9字	95	
父癸壺	窥竃卣（2684）	F：110，179，216，245 C：2827 S：4964	各10字	134	《綴遺》二十六、七作罍，十三、三又誤作壺，《攗古》二之一，八十作卣。《三代》、《金文編》亦作卣。
鳳卣	倗卣（2692）	F：177 C：2834 S：4973	各11字	248	
（一）日辛卣 （二）瑟中狂卣 （三）瑟仲狂卣 （四）壺中休卣	盠仲卣（2695）	F：178 C：2837 S：4978	12	（一）141 （二）213 （三）240 （四）160	

（一）豚敦 （二）豚作父庚敦	豚卣（2696）	F：179，557 C：2838 S：4980	13字	（一）213 （二）240	陳簠齋藏器，諸家作卣，《愙齋》八、一二作敦，誤。
芳鼎	芳卣（2697）	F：179 C：2839 S：4981	13字	249	此與《金詁》468號北子鼎不同。
丁師卣	虥霝卣（2698）	F：179 C：—— S：4982	各13字	44	乙未本加。
商方卣	小臣系卣（2699）	F：180 C：2840~2841 S：4985~4986	各15字	36	乙未本加。
辛子卣	馭八卣（2701）	F：180 C：2843 S：4987	各17字	39	
皋伯卣	泉伯卣（2703）	F：180，678 C：2845~2846 S：4990~4991	17字	305	羅福頤作泉白卣。
寡子卣	寡子卣（2706）	F：181 C：2850 S：4996	各18字	83	
祖丁卣	毓且丁卣（2709）	F：115，182 C：2853 S：5000	各25字	229	乙未本加。
遣卣	遣卣（2713）	F：116，183 C：2383~2385 S：5004	各28字	91	三代作尊，容庚、孫目改為卣。
（一）又卣 （二）公姞卣	又卣（2714）	F：183 C：2856 S：5006	各30字	（一）150 （二）193	
睘卣	睘卣（2717）	F：184 C：2858 S：5012	各35字	31	
貉子卣		F：184 C：2859~2860 S：5013~5014	各36字	38	
父辛卣（C）	父辛卣（2726）	F：187 C：2871 S：5037	存48字	77	《三代》作「⊥冊口卣」。《孫目》作「作冊体卣」。
兔卣	兔卣（2729）	F：186，426，685 C：2867 S：5027	49字	64	
庚羆卣	庚嬴卣（2731）	F：187 C：2870 S：5031	各51字	195	

師田父尊	傳卣（2733）	F：119，187，597 C：1890 S：5032	存 53字	138	愙齋作尊，《三代》作段。容庚及《孫目》改爲卣。
效卣	效卣（2735）	F：188 C：2872 S：5038	各 68字	145	
諸女匜	者女觥（2740）	F：428，481 C：4298~4299 S：4485~4486	各8字	34	《三代》亦作匜，誤。 頁34另有諸女觸，未詳。
子𤔲作文父乙兕觥	子鑾觥（2742）	F：336，428 C：4411 S：4487	各9字	286	
婦闌觥	婦闌觥（2743）	F：429 C：4412 S：4489	各10字	195	
霝壺		F：200 C： S：	1字	59	
魚父癸壺	魚父癸壺（2757）	F：79，205 C：2440 S：5142	3字	184	
（一）伯壺 （二）伯作姬盦壺	伯壺（2775）	F：209 C：2460 S：5171	5字	（一）165 （二）145	
（一）𠀀姬壺 （二）太姬壺	矢姬壺（2777）	F：209 C：2462 S：5173	5字	（一）165 （二）193	
子𤔲𤔲𠂤壺	子婼壺（2778）	F：210 C：2463 S：5174	5字	242	
（一）仲侈壺 （二）韓仲侈壺	觸仲多壺（2782）	F：212 C：2465 S：5181	6字	（一）114 （二）136	
魯侯壺	魯侯壺（2786）	F：212 C：2472 S：5192	7字	165	
家德氏壺		F：212 C： S：	7字	303	
𠂤𠂤作父乙鬲	狀壺（2788）	F：213 C：2469 S：5186	8字	87	乙未本加。
父辛尊（B）	敡壺（2790）	F：104 C：2474 S：5195	8字	44	

二一、觥

二二、壺

芮公壺	芮公壺（2793）	F：212，213 C：2476~2478 S：5201~5203	各9字	165	
呂王䍐壺	呂王壺（2797）	F：215 C：2487 S：5223	13字	165	
邛君婦壺	邛君壺（2802）	F：215 C：2490 S：5229	14字	28	
鄭楙叔賓父壺	鄭楙弔壺（2807）	F：218 C：2497 S：5238	15字	246	
衞姬壺	司寇良父壺（2808）	F：217 C：2498 S：5239	15字	52	
史僕壺	史僕壺（2813）	F：219 C：2502~2503 S：5245~5246	17字	39	
兮敖壺	兮敖壺（2815）	F：220 C：── S：5259	各 18字	162	
中白壺	中伯壺（2817）	F：220 C：2507~2508 S：5254~5255	19字	193	
（一）杞伯敏父壺 （二）杞伯敏父盨	杞伯壺（2821）	F：113，221，222 C：2511~2512 S：5262~5263	21字	（一）196 （二）77	
周蒡壺	周蒡壺（2822）	F：222 C：2513~2514 S：5264~5265	各 21字	114	
虞司寇壺	虞司寇壺（2823）	F：223 C：2515~2516 S：5266~5267	各 24字	52	
宗婦方壺	鄁嬰壺（2824）	F：223 C：2517~2518 S：5268~5269	各 25字	241	
史懋壺	史懋壺（2831）	F：225 C：2526 S：5283	41字	168	
弔季良父壺	弔季良父壺（2832）	F：225 C：2527 S：5284	42字	20	
齊侯壺	齊侯壺（2835）	F：227，228，246 C：2533~2534 S：5297~5298	143又 164字	27	《孫目》作洹子 孟姜壺。

	頌壺	頌壺（2836）	F：227 C：2531~2532 S：5295~5296	各 150字	56
二三、壺	聿屛壺		F： C： S：		183	（不詳）
	欽罍	鈝罍（2850）	F：244，492 C：2417 S：5092	9字	69
	（罍文）		F： C： S：		237	乙未本加。（不詳）
二四、盤	茲女盤	嗇父盤（2878）	F：458 C：4231 S：6109	7字	297
	父辛敦	隩仲盤（2884）	F：107，459，672 C：4234 S：6118	10字	293
	魯伯厚父盤	魯伯盤（2885）	F：459 C：4235 S：6119	10字	90
	中盤	仲盤（2890）	F：459 C：4240 S：6126	13字	31
	史頌盤	史頌盤（2891）	F：460 C：4241 S：6128	14字	90
	㝬子盤	陶子盤（2892）	F：460 C：4242 S：6129	14字	223	《周目》作陵子盤。
	伯侯父盤	伯侯父盤（2899）	F：462 C：—— S：6145	17字	90
	耶膚盤	取膚盤（2900）	F：463 C：4251 S：6147	18字	45
	中甗父盤	仲甗父盤（2901）	F：463 C：4252 S：6148	18字	118
	中子化盤	中子化盤（2906）	F：463 C：4252 S：6148	19字	77
	（一）叔妊盤 （二）脾侯盤	薛侯盤（2907）	F：464，575 C：4259 S：6156	20字	（一）297 （二）56

		F：464 C：4260 S：6157	20字	117	乙未本加。
（圖）敦	白者君盤（2908）	F：464 C：4260 S：6157	20字	117	乙未本加。
般仲盤		F：465 C：—— S：6160		90	
齊太僕歸父盤	歸父盤（2912）	F：466 C：4262~4263 S：6163~6164	24字	11	
宗婦盤	鄙嬰盤（2914）	F：466 C：4265 S：6166	25字	194	
（一）多父敦 （二）多父盤 （三）（圖）叔多父盤	頯弔多父盤（2921）	F：469 C：—— S：6174	78字	（一）59 （二）2 （三）294	《清表》定爲疑。
寰盤	寰盤（2924）	F：470 C：4272 S：6177	103字	12	
虢季子白盤	虢季子白盤（2925）	F：470 C：4273 S：6178	111字	34	
（一）兮伯盤 （二）兮田盤	兮甲盤（2926）	F：471 C：4274 S：6179	133字	（一）112 （二）244	
散氏盤	散盤（2927）	F：471 C：4275 S：6181	357字	64	《周目》作557字，誤。 《孫目》作矢人盤。
姬單匜	蔡侯匜（2937）	F：478 C：4293 S：6201	6字 7字	17	乙未本加。
（圖）匜	甌匜（2939）	F：103，479 C：4296 S：	各8字	249	
父乙匜		F：479 C：4302 S：6208	8字	304	
穌甫人匜	穌甫人匜（2944）	F：480 C：4306 S：6212	9字	194	
甫人匜	甫人匜（2744） （2946）	F：480，492 C：4307~4308 S：6214~6215	各 10字	54	
（一）黃仲匜 （二）黃中匜	黃仲匜（2947）	F：480 C：4309 S：6216	10字	（一）204 （二）221	

二五、匜

（一）筥匜 （二）周筥匜	周筥匜（2949）	F：482 C：4313 S：6222	13 字	（一）120 （二）124	
史頌匜	史頌匜（2951）	F：482 C：4315 S：6224	14 字	204	
魯伯愈父匜	魯伯匜（2954）	F：483 C：4318 S：6228	15 字	170	乙未本加。
（一）王婦匜 （二）王婦異孟姜匜	王婦匜（2955）	F：483 C：4319 S：6229	15 字	（一）56 （二）240	
昶伯匜	昶伯匜（2963）	F：484 C：4324 S：6236	17 字	237	
郰膚匜	取膚匜（2965）	F：485 C：4328 S：6240	17 字	31	
由祀日匜	白者君匜（2968）	F：486 C：4331 S：6246	20 字	205	乙未本加。
胯侯匜	薛侯匜（2970）	F：486 C：4333 S：6248	20 字	97	乙未本加。
叔男父匜	弔男父匜（2976）	F：487 C：4338 S：6253	22 字	59	
（一）陳子子作訇孟嬀穀女匜 （二）陳子子匜	陳子子匜（2979）	F：488 C：4340 S：6257	30 字	（一）243 （二）192	
魯大司徒匜	子仲匜（2980）	F：489 C：4341 S：6258	30 字	56	
叔嬪匜	弔上匜（2981）	F：489 C：4342 S：6260	33 字	193	
伯庶父匜		F： C： S：		205	乙未本加。（未詳）
（一）鉡金 （二）郢爰鉡金 （三）𢾭𢾭鉡金		F：1150 C： S：	2 字	（一）311 （二）101 （三）家刊本〈附錄〉34	方濬益作郢金鈑。
絾𡨥君鉡	絾𡨥君鉡（2992）	F：249 C：4390 S：5304	9 字	216	

		F：249 C：4388 S：5307	25字	11	
賓鉼	喪奠賓鉼（2994）	F：249 C：4388 S：5307	25字	11	
齊侯匜	口差罎（2999）	F：253 C：4398 S：5321	53字	3	
（一）王子申盞蓋 （二）王子申盞蓋 （三）王子申盞盂	王子申盞盂（3007）	F：732 C：4384 S：6288	17字	（一）92 （二）56 （三）242	
晉公盦	晉公盦（3012）	F：228，495， 616 C：4387 S：6306	存 145字	117	
右敀里銅鋻	右里盌（3013）	F：732 C：4420 S：7203	4字	205	
陳猷釜	陳猷釜（3019）	F：954，1062 C：4417 S：7200	34字	46	
（一）子禾子釜 （二）陳子禾子釜	子禾子釜（3020）	F：955，1063 C：4418 S：7201	108字	（一）137 （二）34	
（一）左關鍦 （二）左關之鍦	左關鍦（3021）	F：1063 C：4396 S：7202	4字	（一）69 （二）228	
上官登	上官登（3023）	F：1114 C： S：	22字	312	
（一）龍節 （二）周龍節	龍節（3028）	F：1093，1138 C：4474 S：7221~7225	9字	（一）98 （二）311	《周目》作至命 迵車鍵。 《孫目》作王 命：迵節。
立戈形句兵		F：966，1014 C：4534 S：6616	各1字	317	乙未本加。
（瞿文）		F：967，1001， 1015 C：4535 S：6617	面背各1 字	306	《三代》作H戈。
（戈文（A））		F：1003 C：4639 S：6653	1字	180	《周目》作涉 戟，《孫目》作 戈。
崀戈		F：971 C：4571 S：6651	1字	131	

二七、戈

殘戈		F：976 C：4576 S：6676	2字	15	乙未本加。 《周目》、《孫目》 作口哉戈。
（戈文（B））	陳散戈（3072）	F：981 C：4578 S：6708	2字	307	《周目》、《孫目》 作口簸戈。
侃𤔲戈	但瘊戈（3074）	F：975 C：4649 S：6696	2字	180	《三代》作戟。
阿武戈		F：975 C：—— S：	2字	233	乙未本加。
（戈文（C））	作潭右戈（3078）	F：981 C：4582 S：6709	3字	307	《周目》作亡瀘 戈。
（戈文（D））		F：979 C：4653 S：6729~6730	3字	307	《周目》作皇宮 左戟。 《孫目》作皇宮 左戈。
夔戈		F：981 C： S：	3字	318	乙未本加。 《清表》定爲 遊。
（戈文（E））	右濯戈（3080）	F：978 C：4585 S：6712	3字	178	
高陽左戈		F：980 C： S：	3字	233	
平阿戈		F：983 C：—— S：6748	4字	233	乙未本加。 又稱平阿左戈。 《善齋》、《古兵》 上二八，《小校》 十、三一。
平阿右戈	平阿右戈（3090）	F：983 C：—— S：6748	4字	233	乙未本加。又稱 平陽戈。與平陽 高馬里鉞異。
陳余造戈		F：985 C： S：	4字	199	《清表》定爲 疑。
（一）陳𢼸戈 （二）陳𢼸節戈		F：984 C：4589 S：6732	4字	（一）家刊本 〈附錄〉33 （二）199	
（一）陳𢼸節戈 （二）陳𢼸簸戈		F：985 C：4590 S：6733	4字	（一）199 （二）308	《周目》作陳口 戈。 《孫目》作陳口 簸戈。

			字		
(一)食食戈 (二)高食盤戈	高密戈（3083）	F：984 C：4592 S：6736	4字	(一)308 (二)21	
(一)（戈文（F）） (二)岳畫戈	庶長畫戈（3084）	F：984 C：4596 S：6740	4字	(一)309 (二)155	
(一)且白戈 (二)師婦戈		F：981 C：4593 S：6737	4字	(一)199 (二)19	
仕斤戈	仕斤戈（3088）	F：982 C：4652 S：6756	4字	229	《三代》作戠。
敨戈	敨戈（3089）	F：984，1004 C：—— S：——	4字	52	
壁右戈		F：985 C：4654 S：6757	4字	22	
(一)陳丽戈 (二)陳忎子戈		F：987 C：4605 S：6766	5字	(一)160 (二)22	
(一)羊子戈 (二)羊子之艁戈	羊子戈（3097甲）	F：986 C：4608 S：6770	5字	(一)家刊本 〈附錄〉33 (二)21	
平陽戈		F：989 C：4616 S：6792	6字	82	又稱平陽高馬里鈛。
酈王戈	酈王職戈（3111）	F：989，991， 1004，1005 C：4670~4679 S：6832~6841	7字	101	《三代》作戠。
宋公佐戈	不易戈（3116）	F：996 C：4633 S：6866	10字	230	
大詈戈		F：997 C：—— S：——	12字	237	
邢戈		F：997 C：—— S：6892	13字	家刊本補遺3	《福目》作蚯庶長戈。 《孫目》作邢令戈。
州三年戈		F：997 C：4689 S：6886	13字	306	《周目》作丗三年戠。 《孫目》作戈，作丗二年。

（一）梁伯戈 （二）鬼方戈	梁伯戈（3118）	F：998 C：4635 S：6891		（一）152 （二）216	
秦子戈	秦子戈（3119）	F：998 C：4636 S：6898	15字	121	
二年群子戈		F：999 C：4697 S：6912	18字	52	《三代》作戟。
肖將戈		F：999 C：—— S：	19字	18	乙未本加。 《孫目》6924， 器名與《福目》 類似。
龍伯戟		F：1005 C： S：	5字	186	乙未本加。 《清表》定爲 僞。
武敢矛		F： C： S：	2字	201	
故陸矛		F：1016 C：—— S：——	3字	55	乙未本加。
鄙王矛	鄙王職矛	F：1018 C：4727~4730 S：7002~7005	7字	307	
帝降矛	不隆矛（3146）	F：1018，1020 C：4738 S：7013	8字	2	《周目》、《孫目》 皆作帝降矛。
司寇矛		F：1019，1021， 1058 C：4742 S：7018	16字	153	又名十二年矛。 《古籀補》頁52 引司寇戈，未 詳，銘與此同。
庀陽矛		F：1019 C：—— S：7020	16字	180	306頁引庀陽 戈，未詳，銘與 此同。
高陽三劍		F：1027 C： S：	3字	233	《清表》定爲 疑。 《三代表》定爲 僞。
殘鎛	弔🗡劍（3150）	F：1026，1028 C：3150 S：7043	存6字	45	乙未本加。
（一）吳季子之子劍 （二）吳季子之子逞之 永用劍	吳季子之子劍 （3155）	F：1031 C：—— S：7079	10字	（一）64 （二）164	

二八、戟
二九、矛
三十、劍

名稱		F／C／S	字數	頁碼	備註
永保用劍		F： C： S：		64	未詳。字體與《三代》20、48、3鳥篆劍格相似。（《孫目》7061）
（一）邵大叔斧 （二）邵大叔貪車之斧	邵大弔斧	F：1010 C：4779~4781 S：7118~7120	8字	（一）230 （二）229	
古兵器		F：1055 C：4832 S：7183	3字	309	《三代》作右口戈鐏，《孫目》作右[符]戈鐏。
（古瞿）		F：1001 C： S：	2字	55	《小校》十、九二作囲形瞿。
（戈文（G））		F：1052 C： S：	2字	309	《古籀補》頁309著錄[符]字，曰戈文，而未詳，銘文與「[符]北族」同。
距末	（一）未距愕（3164） （二）廿年距愕（3165）	F：1038，1054 C：4826~4828 S：7176~7178	8字	95	
（一）北征葡 （二）北征韓葡		F： C： S：		（一）75 （二）89	《字說》頁24提及此銅古葡，他家不著錄。

（左側邊欄：三一、雜兵）

表二：錢幣刀布

名　　　稱	頁　碼	備　　　註
空首幣（A）	59	臺字空首布
空首幣（B）	57	智字空首布
空首幣（C）	136	伐字空首布
空首幣（D）	141	官字空首布
空首幣（E）	39	[符]字空首布，或釋鼎，或釋莫。
空首幣（F）	89	松字空首布
空首幣（G）	155	勿字空首布
空首幣（H）	156	易字空首布，易省作易。
空首幣（I）	82	侯字空首布
空首幣（J）	82	亳字空首布
空首幣（K）	16	吉字空首布
空首幣（L）	100	示，錄於祁下

空首幣（M）	232	官考空首布
空首幣（N）	119	室字空首布
空首幣（O）	221	留字空首布
空首幣（P）	201	武字空首布
空首幣（Q）	164	吳字空首布
咨字空首幣	14	峇非咨字。
宋字空首幣	123	
向字空首幣	119	
富字空首幣	120	
貿字空首幣	98	
示字空首幣	2	
宗字空首幣	123	
安臧幣	48	
盧氏幣	76	
（以上空首幣）		
（古幣文）	110	恭昌布
兪八化幣	143	兪字誤，見結論章。
韓八化幣	85	𣂻字不可識。
甘丹幣	70	
平周幣	73	
中都幣	6	
郢字幣	100	
邪山幣	153	《遺篋錄》謂釋邪山者非。
武安幣	201	
平州幣	180	
大陰幣	233	
晉陽幣	155	
祈字幣	100	
𣂻𣂻圓首圓足幣	233	或釋魚衕。
梁正當金幣	220	

梁幣	220	（同前）
涅金幣	223	
涅字幣	176	
涿字幣	177	
露字幣	183	露省作霛。
馬服幣	157	或曰馬服營幣。
平陽幣	73	
屯留幣	6	
關中幣	189	
襄垣幣	139	
宅陽幣	233	
郥子幣	104	
安陽幣	233	
蒲坂幣	7	省作「甫反」。
陽邑幣	233	
山陽幣	233	
北屈幣	142	
高都幣	82	
平陰幣	233	
梁正當金幣當爰	220	
梁邑幣	99	𢆻一字，郏也。
🔲易幣	155	匋陽幣
藺人幣	7	藺乃藋之譌。
蒲子幣	7	蒲省作甫。
銚邑幣	156	𢇙一字，郇也。
烏邑幣	60	𢇥一字，鄔也。
皮氏幣	49	
畿氏幣	236	
蒲阪一釿幣	233	蒲阪省作甫反。
梁充釿幣當爰	220	
虞一釿幣	74	

虞半釿幣	13	
[illegible]半釿幣	230	
安邑二釿幣	229	
安邑一釿幣	230	
安邑半釿幣	13	
梁當鍰幣	11	同梁正當金幣
盧氏涅金	76	
梁充釿五十二尚寽幣	226	
（以上尖足、圜足、方足布）		
（古圜幣）	225	
濟陰圜幣	232	濟當改爲畢。
長垣一釿幣	217	
垣字幣	217	
共屯赤金圜幣	163	
共純赤金圜幣	209	
（以上圜幣）		
（齊刀）	155	
齊建邦刀	268	建字改爲造。
安陽刀	155	（屬齊刀）。
節墨刀	93	改爲節鄤刀。（屬齊刀）。
明刀	235	屬趙刀
尖首刀	236	
（以上刀類錢幣）		
鉼金		
（已見表一雜器類）		

結　語

《說文古籀補》一書之得失，條述如下，以爲本文之總結。

甲、《古籀補》之貢獻

（一）為今日金石字典之鼻祖

前此之金石字典皆依韻編纂，而依《說文》次序編定者，當以《古籀補》爲最早。其中用語體例則多已爲今人所沿用。丁佛言《說文古籀補補》、強運開《說文古籀三補》承其後，容庚《金文編》尤爲發揚光大之作也。

（二）重視重文、叚借之體例

上古字少，後世孳乳而浸多，如「祖」字寫作「且」，後世孳乳爲「祖」；「祿」字寫作「彔」，後世孳乳爲「祿」（見小篆），故《古籀補》創「重文」體例（容氏《金文編》改言「重見」），使「且」字分屬小篆「祖」「且」二字下，「彔」字分屬小篆「祿」「彔」二字下。又古人爲文，每以同音字相叚，若以同音字代之，則能辭暢理順，愙齋深知其奧，《古籀補》多見通叚之例，則非編纂字典而已，實亦通徹彝銘、古文解讀之功夫。此例一開，後人不能易之。

（三）增收上古、先秦新字體

許氏《說文》未及採錄三代彝銘，是以九千三百五十三絕非古文字之全；今核諸上古彝銘，知許氏遺漏者，非一二而已。愙齋確定其爲《說文》所遺者，則繫於各部首之末，以補《說文》之不足，庶幾三代文字之全貌益近似矣。

（四）闡明文字之構造

清朝金文學者於文字之考釋，當以吳大澂愙齋、孫詒讓、方濬益爲首功。《古籀補》、《字說》二書實多創獲。言「帝」爲花蒂；「屮」爲蔥菜之象形；「豖」訓隂，

墜之本字;「吾」之下言毛公鼎「干䎽」當讀作「扞敔」;「⿱」（訊）者，執敵而訊之;「受」字所从夕乃承尊之器;「稻」象打稻之形，下承以臼;「𤔲」，象兩手理絲形;「始」爲姒之本字，婦之長者也;「媿」爲姓氏，後世或借爲慚愧字，一改《說文解字》之說;「彊」，古疆字，古者以弓紀步，引《儀禮》疏以證之;「車」之籀文象輪轂轅軛之形，非从戔;「降」从𠂤，从二足跡形，陟、降二字相對。又如𦥏隸定爲棄;𫯋隸定爲享，亦皆爲愙齋創穫之例。

（五）訂正典籍之誤謬

古書之譌誤可由古文字之研究而糾正之。如《尚書・大誥》曰:「寧王遺我大寶龜」、「以于敉寧武圖功」、「不可不成乃寧考圖功」、「予曷其不于前寧人圖功攸終」。僞《孔傳》釋「寧王」爲「安天下之王，謂文王也」，釋「敉寧武圖功」爲「撫安武事謀立其功」，釋「寧考」爲「寧祖聖考之文武」，釋「前寧人」爲「前文王安人之道」，並牽強窒礙，而兩千年來傳習者均宗此說。愙齋見金文「文」字作𡥛，與寧字形近，遂定《尚書・大誥》之「寧王」爲「文王」之誤，「寧武」當作「文武」，「前寧人」當作「前文人」;此爲經學解讀上著名之掌故。

（六）確立字典採字之嚴謹態度

《古籀補》之採字，必愙齋摹自親見拓本，鑑別精審，與郭忠恕《汗簡》、夏竦《古文四聲韻》之流大異其趣。至如阮元《積古齋》、吳榮光《筠清館》之字未能纖毫畢肖，遂亦割愛（見《愙齋集古錄・叙》），洵屬昭信之作也。

（七）提昇三代銘文之地位，確立其使用價值

古來治文字者多定許說於一尊，奉之如不可易。清乾嘉以降，金石之學始盛，阮元實開風氣之先。愙齋畢生勤劬，蒐集、考釋不遺餘力。《古籀補》網羅宏富，考釋審愼，每能析其奧理;由是彝銘器物遠非供清玩之古董耳，治文字者益能正視上古彝銘之地位及價值，咸知古金文可資發明字義之素材極多，非墨守《說文》爲已足。古金文之學從此蔚爲大國，屹立不搖。

乙、《古籀補》之缺失

（一）隸定錯誤、信疑倒置

隸定錯誤多因考釋未當，亦偶因摹寫未完，割裂文字之故。其正編十四卷，隸定不塙者頗多;〈附錄〉中則或已能隸定，而又疑之，此「信疑倒置」之病也。本文第五章已更正一過。

（二）統一字體之大小

　　《古籀補》收字悉據拓本摹下，劃一其大小，雖收整齊之效，而神貌則遜矣。容氏《金文編》已改此失，雖篇幅大增，字體排列亦參差不齊，然字字活現，所獲功效罪淺，寧論其小疵乎？

（三）誤解文字之構造

　　愙齋解析文字之構造，亦間有訛誤，如「天」字从●，曰「天體圓，故从●」；謂「王」字从火，「火盛曰王，德盛亦曰王」；謂「必」之小篆作韠，蔽前之物；謂「正」字从止从■，止爲足跡，上象其履；謂「反」字爲脫履之形；謂「揚」（保）字所从，象保衣之形；謂「出」爲納履形；謂「孝」字从父从子，中象父子依倚形；謂「𤳉」所从之生爲「先生」二字合文；謂「奚」象人戴褱數形；謂「揚」字从廾从日从玉，執玉以朝日，日爲君象；謂「弭」爲蔽車之物；鄦惠鼎銘「鄦往舊中倉卽𢀜」，愙齋釋後三字曰「官司工（司空）」。此其誤說也。又有懸解之字，如謂「事」字象手執簡形，立於旂下，史臣奉使之意；謂「家」字爲陳豕於屋下而祭；謂「或」字从戈守口，象城有外垣。

（四）彝器之命名未盡精當，或標示之體例未臻嚴謹

　　命名未盡精當，或由於字體隸定舛誤之故；銘文字少之彝器，則未冠以專名，而曰「鼎文」、「罍文」，讀者莫辨；又如名曰「父辛爵」者甚多，愙齋未各別加以專名，皆當改稱「某某父辛爵」；另有同名異器、同器異名之例，已詳於第六章。容庚《金文編》晚出，書前附器目表，而篇中所用器名與器目表亦不盡符合，徐芷儀〈金文編札記〉嘗董理之，茲錄其對照表如下：

　　五、每字下器名與器目所引器名前後不一致，容易使人誤會爲兩不同之器，茲列表作一比照：

字　　碼	字	器　　名	器目編號	器目名稱
1204b	髮	髮鐘	〈26〉	眉壽鐘
0620i	嘉	嘉賓編鐘	〈30〉	嘉賓鐘
1756d	鈴	楚王鈴鐘	〈31〉	楚王領鐘
0798p	生	單伯編鐘	〈35〉	單伯鐘
1361a	界	單伯界生鐘	〈35〉	單伯鐘
0628a	虘	虘鐘編鐘	〈36〉	虘鐘
1770a	釛	郱公釛鐘	〈40〉	郱公釩鐘
1463q	雷			

0376h	卑	鞄氏鐘	〈45〉	齊鞄氏鐘
0934h	克			
0939k	穆	邢人鐘	〈56〉	井人鐘
1563a	妄	井人妄鐘	〈56〉	井人鐘
1207g	令	王成周令	〈64〉	成周鈴
1758a	鐸	口外夲鐸	〈66〉	外夲鐸
1780j	且			
1848j	戉	且戉鼎	〈283〉	作且戉鼎
0403f	啓	詠啓鼎	〈349〉	詠鼎
1274d	冉	丹鼎	〈389〉	冉鼎
1706a	封	康医丰鼎	〈393〉	康医鼎
0799a	丰			
0645a	盉	史盉鼎	〈407〉	史盉父鼎
0928g	鼎			
1176a	吹	吹方鼎	〈421〉	吹鼎
0929d	鼑	右官旮鼎	〈428〉	右官鼎
1164b	兄	季作兄己鼎	〈426〉	季鼎
1829a	隉	自作隉仲鼎	〈438〉	自鼎
1799a	載	𡩡夜君口之載鼎	〈445〉	夜君鼎
△2522d	𰓅			
△2502b	𰓆	𠓛𡧤鼎	〈449〉	丹宷鼎
△2520d	𰓇			
1856e	辥	伯六辥鼎	〈462〉	白六鼎
1538a	嫛	若𤜂作攵嫛鼎	〈472〉	若𤜂鼎
11511	舟	伯𢆶舟鼎	〈487〉	伯𰀧鼎
0704t	侯	中鼎	〈504〉	中作且癸鼎
0928v	鼎	𡗜=伯䩥鼎	〈508〉	𡗜=伯鼎
1764a	鉈	畬肯鉈鼎	〈518〉	畬肯鼎
0929b	鼑			
1350l	喬	楚王畬肯鼎	〈518〉	畬肯鼎
0786o	楚			
0722b	昌	雍伯昌鼎	〈536〉	雍伯鼎

1027a	瓶	輔伯伯瓶父鼎	〈544〉	輔伯鼎
0585s	其	胖鼎	〈551〉	瘁鼎
0817c	貝	小臣豐鼎	〈572〉	豐鼎
1391b	念	鄭虢仲悆鼎	〈577〉	鄭虢仲鼎
0594p	曆	嬴氏方鼎	〈578〉	嬴氏鼎
1080a	侵	鍾伯侵鼎	〈606〉	鍾伯鼎
1199q	文			
1273g		膚弔鼎	〈614〉	膚弔樊鼎
0906q	腸			
1155n	朕	戈弔朕鼎	〈618〉	戈弔鼎
0263h	世	徐王鼎	〈619〉	郤王鼎
0884g	昔			
0258j	十	辛伯子克鼎	〈625〉	辛伯鼎
0199b	逐	鰠俁方鼎	〈635〉	鰠俁鼎
0906t	月	郜公戈	〈651〉	郜公鼎
1380b	慶			
0342t	鬲	戈弔慶父鬲	〈723〉	戈弔鬲
0342jk	鬲			
08885kl	其	南姬鬲	〈728〉	庚姬鬲
1452n	永			
0450uv	用			
1691o	鼀	邾枭口鬲	〈733〉	邾枭佳鬲
1392b	愉	魯伯愈父鬲	〈739〉	魯伯鬲
1542c	妣	召仲作生妣鬲	〈740〉	召仲鬲
1701a	塍	邾伯作塍鬲	〈741〉	邾伯鬲
0624b	豐	仲嬰父作醴鬲	〈742〉	仲嬰父鬲
1476bc	龍	昶仲無龍鬲	〈743〉	昶仲鬲
0979g	寖	鄬鬲	〈741〉	御鬲
1586a	嬪	杜伯作弔嬪鬲	〈751〉	杜伯鬲
0357g	又	王作又鬲簋	〈998〉	王作簋
1111c	从	任氏从簋	〈1007〉	任氏簋

1104a	俯	伯乗俯簋	〈1061〉	伯[img]簋
1010a	窩	姜林母作雪簋	〈1067〉	姜林母簋
0353l	飘	嬴霝德作飘簋	〈1070〉	嬴霝德簋
1049g	帚	比簋	〈1089〉	比作伯婦簋
1843p	甲	寧遺作甲叟簋	〈1099〉	寧遺簋
0580i	簋	仲[img]父簋	〈1155〉	仲㠯父簋
1084bc	似	似伯簋	〈1205〉	台伯簋
1646n	孫	弔向簋	〈1208〉	弔向父簋
0820s	膡	魯伯大父作孟姬簋	〈1245〉	魯伯大父作孟姜簋
1662cd	組	虢季氏子組簋	〈1256〉	虢季子簋
0580c	簋	豐分尸簋	〈1259〉	豐分簋
1146av	尸			
1730a	畺	毛伯簋	〈1266〉	毛伯噩父簋
1892j	隩			
00835	小	遣弔簋	〈1284〉	易[img]簋
787l	臣			
0198o	追	郙[img]簋	〈1286〉	郙遣簋
1874l	亥	史族簋	〈1300〉	事族簋
1109h	匕	戊辰簋	〈1325〉	緐簋
0581m	簠	曾子簠	〈1397〉	曾子遲簠
1240a	峷	慶孫之子[img]簠	〈1403〉	慶孫之子簠
1452l	永	魯士俘父簠	〈1408〉	魯士簠
1492b	俘			
1335bc	黑	鑄子弔黑臣簠	〈1425〉	鑄子簠
1093a	佚	季宮父作中姊婤姬佚簠	〈1429〉	季宮父簠
155bc	變	中伯作娈姞盨	〈1451〉	中伯盨
0897z	旅	伯孝盨	〈1470〉	伯孝盨
1308t	獻			
0302a	譏	讒季獻盨	〈1475〉	讒季盨
0312b	僕	呂仲僕爵	〈1846〉	呂仲爵
0108a	吾	商尊	〈1863〉	商角盞
0905a	月	蒲參父乙盉	〈1919〉	籐參父乙盉

1847c	丁	且丁尊	〈2019〉	四受且丁尊
1112a	從	彭史從尊	〈2047〉	彭史尊
0358c	父	番作父丁尊	〈2054〉	番尊
0840b	賣	賣父辛尊	〈2085〉	賣尊
0362q	虩	虩作父戊尊	〈2095〉	虩尊
1347a	矢	矢王尊	〈2152〉	矢尊
0404a	肇	齍肇作父庚尊彝	〈2442〉	齍方彝
1302a	夒	井季夒卣	〈2627〉	井季卣
0619g	彭	魚伯彭卣	〈2627〉	魚伯卣
0358l	父	人作父乙卣	〈2651〉	尸作父己卣
0611p	辰	毓祖辛卣	〈2709〉	毓且丁卣
1182a	歃	伯作姬歃壺	〈2775〉	伯壺
1882d	醴	觴仲多作醴壺	〈2782〉	觴仲多壺
0676b	鬱	孟戠父作鬱壺	〈2783〉	孟戠父壺
0360a	曼	鄧孟作監曼尊壺	〈2803〉	鄧孟壺
0785c	無	曾姬壺	〈2828〉	曾姬無邺壺
1152c	俞			
1392a	愉	魯伯俞父盤	〈2885〉	魯伯盤
0989b	宋	北子宋盤	〈2886〉	邧子盤
1226a	苟	楚季苟盤	〈2902〉	楚季盤
1392d	愉	魯伯愈父匜	〈2954〉	魯伯匜
0650a	盥	齊夨盂	〈2975〉	齊夨匜
1155p	朕	弔上作弔娟朕匜	〈2981〉	弔上匜
1717i	里	右里啓盌	〈3013〉	右里盌
1885l	畬	楚王畬璋戈	〈3120〉	楚王戈
△3065a	遾	王孫遾者鐘	〈60〉	王孫鐘
△3478a	埇	埇夜君鼎	〈445〉	夜君鼎
△3446a	墥	墥弔鼎	〈614〉	墥弔樊鼎
△3201a	羹	義妣鬲	〈708〉	作考妣鬲
△3374a	狀	弔狀簋	〈1063〉	弔狀簋
△2051a	粜	比簋	〈1089〉	比作伯婦簋

△3082a	𤰔	𤰔伯簋	〈1178〉	遽伯簋
△3060a	𢓕	公史𢓕簋	〈1189〉	公史簋
△3092ab	𢓕	郘𢓕簋	〈1286〉	郘遣簋
△3509a	𠁁	師麻𠁁弔匡	〈1424〉	師麻匡
△3563b	𠃬	華季𠃬盨	〈1478〉	華季盨
△2514g	𣎻	臣父癸盃	〈1951〉	臣辰盃
△2492a	𤓰	父己觚	〈2247〉	𢧢父己觚
△2527a	𣥖	且己觚	〈2275〉	𣥖且己觚
△2419b	𤲟	癸卣	〈2454〉	衛冊卣
△2072d	𢀑	器文	〈2572〉	荷戈父癸卣
△2046a	𠥼	作父乙卣	〈2605〉	盉作父乙卣

晚近之書，亦未革此弊，以《古文字類編》爲例：

使用名稱	頁碼	器目表命名	使用名稱	頁碼	器目表命名
郤子鐘	136	郤王子鐘	戉父鼎	231	角戉父鼎
郤子鐘	387	郤王子鐘	畲肯鼎	291	（無・《三代》三、二五）
徐王子鐘	415	郤王子鐘	郘䛗鼎	417	（無・《三代》四、四）
中平鐘	513	麗仲平鐘	鍾伯鼎	503	鍾伯侵鼎
仲平鐘	69	麗仲平鐘	師旅鼎	68	師旅鼎
中子平鐘	312	麗仲平鐘	嘉姬鼎	333	（無・《三代》六、四七）
郤君求鐘	460	郤公求鐘	𢦏方鼎	218	𢦏伯鼎
郤𧨾尹鐘	66	郤𧨾尹鉦	師旅鼎	23	師旅鼎
南彊鐘	115	南彊鉦	𨻤仲鼎	457	自作𨻤仲鼎
𡩘鼎	352	二年寧鼎	叔樊鼎	370	𣆶叔樊鼎
惫鼎	69	周惫鼎	攸从鼎	368	鬲攸从鼎
𠥼鼎	107	𠥼斿鼎	穆公鼎	403	尹姞鼎
麥鼎	498	（無・《遺》九一）	虢仲鼎	207	鄭虢仲鼎
癸鼎	44	癸作母己鼎	吹方鼎	183	吹鼎
且癸鼎	497	中作/祖癸鼎	斿父鼎	107	仲斿父鼎

日戊鼎	51	（無・《三代》三、一六）	謎𣪘	168	小臣邋𣪘
且己鼎	50	乃孫作且己鼎	趞𣪘	407	趞𣪘
刺肇鼎	41	刺𣪘鼎	矢𣪘	373	宜侯矢𣪘
康侯丰鼎	374	康侯鼎	晶𣪘	210	（無・《錄遺》一六三）
坪夜君鼎	426	夜君鼎	奚𣪘	69	亞中奚𣪘
雍伯啚鼎	127	雍伯鼎	犀𣪘	412	犀尊
亳父乙鼎	357	亳公乙鼎	畢鮮𣪘	315	畢鮮父𣪘
南宮柳鼎	73	柳鼎	豈子甗	72	邑子甗
伯六辝鼎	268	白六鼎	牢豕𣪘	265	牢豕𣪘
曾子仲鼎	385	曾子仲宣鼎	父甲𣪘	274	秄父甲𣪘
東周左師鼎	450	東周左師壺	伯要𣪘	38	伯要俯𣪘
致作日庚鼎	256	致伯鼎	叔狀𣪘	198	叔狀𣪘
蔡太師𦜕鼎	146	蔡太師鼎	父乙𣪘	28	禾父乙𣪘
輔伯𦜕父鼎	414	輔伯鼎	犾馭𣪘	299	犾𣪘
致作父母鼎	149	致伯鼎	星父𣪘	493	麓伯星父𣪘
鄭虢仲悆鼎	153	鄭虢仲鼎	𦜕虎𣪘	337	𦜕侯虎𣪘
鄦子𧮫夷鼎	304	鄦子鼎	麓伯𣪘	295	麓伯星父𣪘
夆伯甗	93	夆叔甗	𣾷妊𣪘	51	𧨫𣾷妊𣪘
徐王鼎	492	郐王鼎	師望𣪘	406	師望鼎
孛公甗	68	孛公狀甗	觴姬𣪘	232	旟嬃𣪘
戊父癸甗	348	父癸甗	㐆伯𣪘	235	㐆伯致𣪘
王子壽甗	328	王孫壽甗	師奎父𣪘	355	師奎父鼎
狷父鬲	199	伯狷父鬲	沈子它𣪘	213	沈子𣪘
生妣鬲	27	召仲鬲	小臣宅𣪘	385	宅𣪘
杜伯鬲	279	（無・《三代》五、三九）	伯沋父𣪘	466	伯梁父𣪘
邽伯作媵鬲	336	邽伯鬲	任氏从𣪘	116	任氏𣪘
昶仲無龍鬲	217	昶仲鬲	召伯虎𣪘	250	召伯𣪘
鄭叔奱父鬲	304	鄭伯奱父鬲	致作父母𣪘	428	致作父母日庚𣪘
漁𣪘	215	彔𣪘	致作日庚𣪘	255	致作父母日庚𣪘
发𣪘	357	攽𣪘	伯乍𤮺子𣪘	170	伯作𤮺𣪘
𩱛𣪘	45	嬴霝德𣪘	紀侯貉子𣪘	235	己侯貉子𣪘

因育敦	261	陳侯因育敦	季嬰卣	205	井季嬰卣
史免匜	270	（無·《三代》十一、一九）	伯冕卣	380	（無·《三代》十三、二九）
鄩子匜	223	鄩子妝匜	泉毀卣	350	泉卣
嬴氏匜	42	鑄叔作嬴氏匜	且辛卣	226	鳶且辛卣
蔡侯匜	264	（無·《蔡》三二）	畬璋戈	329	楚王畬璋戈
魯伯匜	53	（無·《三代》十一、二）	楚王戈	370	楚王畬璋戈
鑄叔匜	444	鑄叔作嬴氏匜	妀作乙公觚	33	妀台乙公觚
鑄子黑臣匜	506	鑄子匜	養父乙觶	265	養父丁觶（誤）
散伯癭簠	319	癭簠	系爵	235	戕系爵
變姬盨	43	中伯作變姬盨	畐父爵	5	畐父辛爵
自父盨	317	仲自父盨	且辛爵	408	齊祖辛爵
倉父盨	8	叔倉父盨	姬盤	193	姬淪盤
巨尊	52	𣂪尊	兪父盤	232	黃韋兪父盤
枈尊	286	怀尊	貭叔盤	332	貭叔多父盤
宿父尊	388	宿尊	楚季敬盤	299	楚季盤
后祖丁卣	64	毓且丁卣	蔡侯補盤	491	蔡侯盤
父戊尊	348	（無·《三代》十一、四）	北子宋盤	383	北子盤
伯侄尊	17	（無）	王子申盞盤	333	王子申盞
犅卻尊	497	捌卻尊	𥂀匜	394	周𥂀匜
子且尊	91	子祖辛尊	甫人匜	322	穌甫人匜
遽父己尊	110	（無·《三代》十一、十）	陳猷缶	300	陳猷釜
欽罍	89	欽𨥏罍	冶盤勺	423	冶勺
趙孟壺	154 213	禺刊王壺	成陽戈	347	咸陽戈（咸字誤）
迊子壺	100	子婞迊子壺	鄾侯胺戈	510	鄾王胺戈
无邨壺	96	曾姬無邨壺	曹公子沱戈	461	曹公子戈
嗣子壺	49	令狐君嗣子狐	韓八年戟	233	八年戟
遠公壺	107	徥公壺	州句矛	133	越王州勾矛
令狐君壺	315	令狐君嗣子壺	於賜矛	492	越王於賜矛
遭卣	401	趄卣	越王矛	367	越王於賜矛
叔卣	267	（無。《錄遺》一六一作簋，誤）	叔口劍	63	叔劍

吉日劍	?	吉日壬午劍	吳子逞劍	271	吳季子之子劍
壬午劍	487	吉日壬午劍	吳王夫差劍	364	攻敔王夫差劍
姑發劍	483	工𪒠太子姑發劍	工𪒠太子劍	359	工𪒠太子姑發劍

（五）忽略器物年代

中國上古、先秦之彝器亟須斷代，民國十八年，吳其昌《金文曆朔疏證》從曆法觀點推斷各器之年代，此為吉金斷代學之發軔。後人續有斷代之作，如郭沫若《兩周金文辭大系考釋》、容庚《商周彝器通考》、陳夢家《西周銅器斷代》一文刊於《考古學報》分期，日本白川靜《金文通釋》，刊於《白鶴美術館誌》；白川之說較晚，較可據信。

《古籀補》之屬字，依字形之特徵分組，然每組「同形字」之中則未能依器物之先後相次。蓋當日吉金之學未甚發達，此「不能」，非「不為」也。容氏《金文編》亦未能依時代先後為次第；近年《古文字類編》嘗從事於斯，甲骨文則以五期別之，金文則分為商、周早、周中、周晚、春秋、戰國，極便學者。然疏於校訂，時或自相矛盾，舉例如下：

器　　　名	時　　　代	頁　　碼	器　　　名	時　　　代	頁　　碼
虘　　　鐘	周　　晚	389	揚　　　鼎	周　　早	72
	春　　秋	206		周　　晚	337
戜　　　鐘	周　　晚	205	易　　　鼎	周　　中	389
	春　　秋	132		周　　晚	173
戜　狄　鐘	周　　晚	198	柳　　　鼎	周　　中	13 284
	春　　秋	205 258		周　　晚	48 454
獝　　　鼎	商		斿　　　鼎	周　　早	107
	周　　中	202		春　　秋	173
頌　　　鼎	周　　中	207 219	無　叕　鼎	周　　中	147 230
	周　　晚	215		周　　晚	462 497
从　　　鼎	周　　中	11	史　獸　鼎	周　　中	201
	春　　秋	503		周　　晚	70
旂　　　鼎	周　　早	22	辛　伯　鼎	周　　中	68
	周　　中	457		周　　晚	239

咢 侯 鼎	周　晚	395	遣 小 子 殷	周　早	205
	春　秋	410		周　中	109
寓 長 鼎	周　早	51	卓 林 父 殷	周　晚	282
	周　中			春　秋	179
夜 君 鼎	春　秋	340	己 侯 貉 子 殷	周　早	503
	戰　國	499		周　中	342
公朱左師鼎	戰　國	389	陳 曼 匜	春　秋	241
	秦	232		戰　國	201
虡 殷	周　中	364	鑄 公 匜	周　晚	337
	周　晚	143		春　秋	318
緥 殷	商	31	曾 伯 匜	周　晚	64
	周　中	180		春　秋	315
伊 殷	周　中	234	拍 敦	春　秋	249
	周　晚	36		戰　國	365
宴 殷	周　中	403	叟 伯 盨	周　晚	89 114 345
	周　晚	387		春　秋	387 454
諫 殷	周　中	387	大 師 虘 豆	周　中	327
	周　晚	167		春　秋	466
量 侯 殷	周　早	363	御 尊	周　早	416
	春　秋	431		周　中	308
井 侯 殷	周　早	215	引 尊	周　早	147
	周　中	126		周　中	208
沑 其 殷	周　晚	381	妹 氏 壺	春　秋	380
	春　秋	466		戰　國	388
朕 虎 殷	周　中	412	徫 公 壺	春　秋	373
	春　秋	337		戰　國	17
沈 子 殷	周　早	219 225	史 懋 壺	周　中	312
	周　中	44 171		周　晚	395
陳 賅 殷	春　秋	224 432	虞 司 寇 壺	春　秋	183
	戰　國	175 179		戰　國	390

器名	時代	數	器名	時代	數
龢　　爵	周　早	119	祭寰君鉼	春　秋	512
	周　中	277		戰　國	349
索　　角	商	237	玄　翏　戈	春　秋	230
	周　早	191		戰　國	250
中 子 化 盤	周　晚	10	不　易　戈	春　秋	368
	春　秋	288		戰　國	363
虢季子白盤	周　中	201	鄡　侯　矛	春　秋	340
	周　晚	121		戰　國	338
僟　　匜	周　中	19	王 子 于 戈	春　秋	365
	周　晚	234		戰　國	47
耶　盧　匜	周　晚	204	富　奠　劍	春　秋	346
	春　秋	440		戰　國	390
夆　叔　匜	周　晚	93			
	春　秋	317			

（六）所引彝器或屬偽造

　　以愙齋鑑別之精，然亦偶有失察而採錄偽器銘文。已詳於第六章，茲不贅。

　　此外，《古籀補》兼採陶、璽、錢幣文字與彝銘不倫，論者多以此相短；殊不知若漢語《古文字字形表》、《古文字類編》之作，總集各類古籀字形於一編，實遠祖於《古籀補》，何病之有哉！余以為愙齋既兼採陶、璽、錢幣之古文，則無異於許氏《說文》之兼採七國文字以為「古文」，自不當責備許君所採之古文「為周末七國時所作」、「非復孔子六經之舊簡」，更不當以「存三代形聲之舊」標榜《古籀補》。

附　錄

一畫	一	丨	丶	丿	乙	亅	二畫	二	亠	人	儿	入	八	冂
冖	冫	几	凵	刀	力	勹	匕	匚	匸	十	卜	卩	厂	厶
又	三畫	口	囗	土	士	夂	夊	夕	大	女	子	宀	寸	小
尢	尸	屮	山	巛	工	己	巾	干	幺	广	廴	廾	弋	弓
彐	彡	彳	四畫	心	戈	戶	手	支	攴	文	斗	斤	方	无
日	曰	月	木	欠	止	歹	殳	毋	比	毛	氏	气	水	火
爪	父	爻	爿	片	牙	牛	犬	五畫	玄	玉	瓜	瓦	甘	生
用	田	疋	疒	癶	白	皮	皿	目	矛	矢	石	示	内	禾

穴	立	六畫	竹	米	糸	缶	网	羊	羽	老	而	耒	耳	聿
肉	臣	自	至	臼	舌	舛	舟	艮	色	艸	虍	虫	血	行
衣	襾	七畫	見	角	言	谷	豆	豕	豸	貝	赤	走	足	身
車	辛	辰	辵	邑	酉	釆	里	八畫	金	長	門	阜	隶	隹
雨	青	非	九畫	面	革	韋	韭	音	頁	風	飛	食	首	香
十畫	馬	骨	高	髟	鬥	鬯	鬲	鬼	十一畫	魚	鳥	鹵	鹿	麥
麻	十二畫	黃	黍	黑	黹	十三畫	黽	鼎	鼓	鼠	十四畫	鼻	齊	十五畫
齒	十六畫	龍	龜	十七畫	龠									

說明：㈠《說文古籀補》家刊本；㈡《說文古籀補》乙未本；㈢《說文古籀補補》；㈣《說文古籀三補》之部首檢字索引。諸頁碼於下述欄中之排比次序為

（各字格內頁碼排列次序：左上為㈠，右上為㈡，左下為㈢，右下為㈣；「×」表無此字。）

一部	一 1　1 ×　×	一畫	丁 1　2 ×　×	丁 88　238 14.6　14.9	七 87　236	丂 ×　71 ×　5.2	乁 ×　× ×　5.3	亠 1　2 1.1　1.1
二畫	三 2　4 ×　1.3	下 ×　× 1.1　1.1	丌 23　69 5.1　5.1	上 1　2 1.1　1.1	三畫	丑 90　244 14.11	不 67　187 12.1	四畫
丙 88　238 14.6　14.9	世 10　33 3.1　3.2	丕 1　1 1.1　12.1	且 84　228 14.2　14.2	丘 47　137 8.4　×	朿 ×　× 6.5　6.4	五畫	北 47　137 8.4　×	丨部
三畫	中 3　6 1.3　1.4	、部	二畫	凡 ×　× ×　13.3	三畫	丹 27　77 5.5　×	丿部	一畫
十 ×　× ×　3.8	乃 24　71 5.2　×	三畫	之 33　94 6.4　6.3	四畫	乎 25　72 5.3	五畫	臼 85　232 14.3　14.3	𠂢 ×　× 8.4　×
七畫	乖 ×　× ×　4.4	九畫	乘 30　85 5.10　14	十一畫	敕 ×　× 14.6	乙部	乙 88　238 14.9	一畫

九 87 236 14.5 14.8	二畫	也 72 179 × 12.8	乞 × × × 1.4	十二畫	亂 × × 14.6 14.9	亅部 七畫	事 15 46 3.9 3.9
二部	二 79 216 × 13.3	一畫	于 25 72 × 5.3	二畫	井 27 78 5.5 5.5	五 87 3 14.5 ×	叏 87 235 14.5 14.8
叐 × × 13.4 ×	六畫	亞 87 235 14.5 14.8	七畫	叴 79 216 × 13.3	亠部	一畫 亡 73 203 12.6 12.11	二畫
亢 58 166 × ×	四畫	交 57 144 10.4 10.4	亦 57 144 10.4 10.5	亥 93 250 14.9 14.13	六畫	京 29 83 5.8 5.12	向 × 83 5.9 × 七畫
亭 29 82 5.8 5.8	亯 29 83 5.9 5.12	八畫	毫 × 82 5.8 5.11	九畫	亭 29 83 5.9 5.12	十一畫	亶 29 83 × 5.11 人部
人 46 133 8.1 8.1	二畫	从 × 137 × 8.6	仁 × × 8.1 8.1	今 28 81 × ×	仏 73 203 × 12.11	介 4 12 2.1 × 三畫	付 × × 8.2 8.4
他 × × 8.2 8.3	代 × × 8.2 8.3	伯 × × 3.2 3.2	令 52 151 9.3 9.3	仚 × × × 8.5	參 × × 9.2	四畫 伊 × 134 8.1 8.2	伐 47 136 × 8.4

休	仲	仰	五畫	佇	位	何	召	佃
33　92 6.　6. 3　2	46　134 8.　8. 1　2	×　× ×　8.8. 　3　3		×　× 8.　× 3	46　134 8.　× 2	×　× 8.　8. 2　3	×　× 8.　8. 3　5	×　135 ×　8. 4
作	伯	余	六畫	來	侯	使	佶	侗
46 282　134 364 8.　8.12 2　4 11	46　134 ×　8. 2	4　12 2.　2. 2　1		30　84 5.　5. 9　13	×　× 8.　× 3	15 47　135 8. 4	×　× 8. 1	×　× 8. 1
侃	侈	佩	七畫	俎	矣	信	俌	侵
64　180 11.　11.8. 4　4 2	47　136 ×　×	46　133 8.　8. 1　1		×　× 14. 4	29　82 5. 8	×　× 3.　3. 2　2	×　× 8. 4	×　× 8. 4
侯	振	保	俘	係	八畫	倚	俶	修
29　82 5.　× 8	×　× ×　8. 8	46　133 8.　8. 1　1	47　136 ×　×	×　× 8. 3		×　× 8. 2	×　× 8. 2	×　× 9.　× 2
倗	惟	俾	倉	九畫	偪	側	倆	十畫
×　× ×　8. 2	×　× 8. 3	47 86　135 ×　8. 2	29　81 5. 10		×　× 8. 2	×　× 8. 2	46　134 ×　8. 3	
倰	傅	備	十一畫	傳	僅	徧	十二畫	僣
×　× ×　8. 3	46　134 8.　× 3	46　134 8.　8. 2　2		47　135 ×　× 4	×　× 8.　8. 2　2	46　134 8.　8. 2　2		×　× 8. 3
僕	僑	幾	十三畫	儀	徹	十四畫	儐	儕
12　39 3.　3. 5　5	×　× 8.　× 1	×　× 8.　× 1		×　× 8. 4	×　× 8. 1		×　× 8. 3	×　× 8. 3

十五畫	償 47 135 × ×	十九畫	儥 47 135 × ×	二十畫	儼 × × 8. 2	儿部	二畫	元 1 1 1. 1. 1 1
允 50 144 8. × 7	三畫	兄 50 144 8. 8. 7 9	四畫	光 57 162 10. 10.10. 3 3 6	兇 × × 7. 8	兆 × × 2. 1	先 50 144 8. 8. 7 9	五畫
兌 × × 8. 7	克 40 116 7. 7. 4 6	六畫	兔 56 160 10. 2	免 × × 8. 5	兒 50 144 8. 9	十畫	靰 58 166 × ×	十六畫
競 × × × 8. 9	入部	入 29 81 × 5. 10	二畫	內 29 81 5. 5. 7 10	四畫	全 × × 5. 7	六畫	兩 44 130 7. × 11
七畫	俞 49 143 8. 8. 7 8	八部	八 4 11 2. × 1	二畫	六 87 236 14. 14. 5 8	兮 25 72 5. × 3	公 4 12 2. 2. 1 1	四畫
共 13 39 3. 3. 6 5	五畫	兵 × × 3. 3. 6 5	六畫	其 23 69 5. 3.5. 1 7 1	具 12 39 3. 3. 6 5	典 23 69 5. 5. 2 1	七畫	豕 4 12 2. 2. 1 1
十四畫	冀 × × × 8. 6	冂部	冂 29 82 × ×	二畫	冄 × × 9. 5	三畫	同 29 82 × ×	冊 9 29 2. 2. 12 11

八畫	冓 × × 4.4	九畫	晃 × 128 7.11	一部	一 44 129 × ×	七畫	皀 × × 5.8	十畫
訞 44 129 × ×	冫部	冫 × × 11.4	三畫	冬 65 76 210 11.4	五畫	冶 11.4	几部	几 × ×
凵部	二畫	凶 × × 7.7	三畫	出 33 94 6.5 6.4	凷 × × 12.6 12.12	刀部	二畫	分 × 11 2.1 2.1
四畫	刑 27 78 5.5 5.8	列 × × 4.8 4.8	五畫	初 22 遺4 64 4.7	刱 22 64 × 4.7	利 22 63 4.8	六畫	劵 × × 4.8
刜 27 78 5.5 ×	到 67 188 × 12.1	七畫	前 6 19 5.6	刺 34 95 6.6 6.4	則 22 64 4.7	八畫	剛 22 64 4.8 4.8	九畫
剳 × × 4.8	十畫	割 22 64 4.8	剩 × × 4.8	十二畫	劐 × × 6.8	罰 22 64 4.8 ×	十三畫	劍 22 64 4.8 ×
劊 × × 4.8	力部	三畫	功 × × 13.7	加 81 222 13.8 13.7	五畫	助 81 222 13.7 13.6	六畫	劵 × 13.7

七畫	勇 × × 13.8 13.7	勔 × × 13.8 13.7	勁 × × 13.8 ×	九畫	勒 13 41 × 3.5	動 81 222 13.8 ×	十畫	勝 × 222 13.8 ×
十一畫	勱 × × 13.7 13.7	勤 × × × 13.7	勠 × × × 13.7	十三畫	勘 × 222 × ×	十六畫	勳 × × 13.7 13.7	勹部
二畫	勻 54 155 9.4 9.3	勿 54 155 × 9.5	三畫	囚 74 203 × 12.11	四畫	匈 × × 9.4 ×	六畫	匊 × × 9.4 ×
甸 × × 5.7 5.10	七畫	匍 52 152 × ×	九畫	匐 × × 9.4 ×	十四畫	簕 × × 9.4 ×	匕部	匕 47 136 × 8.6
匕 47 136 × 8.5	二畫	化 47 136 × 8.6	三畫	北 47 137 8.4 8.6	匚部	三畫	匜 72 199 74 204 12.12.12 8	四畫
匡 74 204 12.6 12.12	匠 × × 12.6 ×	五畫	叵 × × × 5.6	匸部	二畫	匹 74 204 × 12.12	七畫	匽 74 204 12.6 12.12
九畫	區 × × × 12.12	匼 71 204 × ×	十部	十 10 32 3.1 3.1	一畫	千 10 32 3.1 ×	二畫	卅 10 32 3.1 3.1

午	升	三畫	半	四畫		六畫	鹵	皁
90　245 14.　14. 8　12	×　× ×　14. ×　5		遺1　13 ×　× ×　×		10　33 3.　3. 1　1		×　× ×　3. ×　1	15　46 3.　× 9
七畫	南	九畫	桒	十畫	博	卜部	卜	三畫
	34　94 6.　6. 5　4		×　× ×　10. ×　6		10　32 3.　3. 1　1		×　× ×　3. ×　12	
占	五畫	卣	卤	六畫	鹵	鹵	七畫	鹵
×　× 3.　× 12		×　× ×　×	×　× ×　12. ×　1		24　71 5.　5. 2　2	×　× 12.　12. 1　1		40　144 7.　7. 3　4
八畫	鹵	卩部	一畫	卪	二畫	印	三畫	卯
	24　71 5.　5. 2　2			×　× 9.　× 3		×　× ×　8. ×　6		91　244 14.　14. 8　11
四畫	印	五畫	卹	即	卲	六畫	卬	七畫
	×　× 9.8.　8.8. 3 3　6 3		×　× ×　9. ×　3	×　× ×　5. ×　8	52　151 9.　9. 3　3		27　77 ×　×	
卽	十畫	卿	厂部	厂	二畫	厄	三畫	厈
27　78 5.　× 6		52　151 9.　9. 3　3		63　154 ×　9. 4		52　151 ×　×		×　× ×　9. 4
五畫	厌	七畫	厔	厚	八畫	厰	厤	原
	×　× 5.　5. 8　11		×　× ×　9. ×　5	29　83 ×　×		83　154 ×　×	×　× 2.　2. 2	64　181 11.　× 4

九畫	㪇 × × 3. 3. 12 11	頋 × × × 9. 5	厊 × × 9. 5	厝 × × 9. 4	十畫	厤 × × × 9. 4	十二畫	廠 53 154 9. 9. 6 4
十三畫	厲 × × × 9. 4	廿八畫	靐 64 181 × 11. 4	厶部	厶 × 152 × ×	二畫	厷 × × 3. 7	三畫
去 × × 5. 5	四畫	厽 × × 14. 5	又部	又 14 43 3. 3. 7 7	一畫	叉 14 43 × ×	二畫	叚 × 3. 8
友 15 46 3. 3. 8 8	及 14 44 3. 3. 8 8	反 遺1 45 3. × 8	三畫	岌 × × 3. 3. 8 8	四畫	叒 × × × 6. 3	叟 15 46 3. 3. 9 9	五畫
叀 15 46 × 3. 9	六畫	取 15 45 3. 3. 8 8	叔 遺15 45 4 3. 3. 8 8	受 21 62 4. 4. 5 6	七畫	叚 15 45 3. 3. 8 8	九畫	曼 14 44 3. 12.3. 8 7 7
叡 21 62 4. 4. 5 7	十一畫	叕 14 44 × ×	叡 14 44 3. 3. × 8 8	十二畫	繇 × × × 2. 4	叡 × × 2. 4. 6	十四畫	叡 × × 4. 6
口部	二畫	司 52 150 9. 9. 2 2	可 24 72 5. 5. 3 3	古 10 32 3. × 1	右 14,5 43 2. 2. 4 7	召 遺5 15 1 2. 2. 3 3	句 遺4 32 × 3. 1	三畫

吉 5　16 2.4　2.3	同 44　130 7.10　7.11	吃 ×　× 2.4　2.2	吐 ×　16 2.4　2.2	吒 6　17 ×　×	名 ×　× 2.2	各 6　17 2.4　2.4	向 41　119 7.7　7.8	合 ×　× 5.7　×
四 畫	君 5　14 2.3　×	吾 5　14 2.3　2.3	否 67,6　187 ×　12.1	吠 ×　× 2.5	吳 58　164 10.4　10.5	呈 ×　× 2.4	呂 ×　123 7.9　×	告 5　13 2.2　2.2
召 ×　× ×　5.2	五 畫	咏 ×　× 3.3　3.2	周 5　16 2.4　2.3	和 ×　× 2.3　2.3	咎 47　136 ×　8.4	命 5　14 2.3　2.3	六 畫	咨 5　14
哉 5　15 ×　2.3	咸 5　15 2.4　2.3	咦 ×　× 2.2　2.2	咠 ×　× 2.4	品 ×　× 2.12	喦 ×　× 2.4	哆 ×　× 2.2	七 畫	唐 5　16 2.4　×
哲 5　14 2.3　×	唇 ×　× ×　2.4	員 34　96 6.6　6.5	哭 ×　× ×　2.5	八 畫	骨 ×　63 ×　3.2	商 10　31 3.1　3.1	啓 16　49 3.11　3.10	問 ×　× 2.3　×
啚 ×　× ×　5.13	唬 ×　× ×　2.4	唯 5　15 2.3　2.3	九 畫	啻 5　16 3.2　2.3	啇 ×　× 3.2	喪 6　17 2.5　2.5	喜 25　73 5.3　5.3	喌 6　17 ×　×
器 ×　× 2.5　×	單 ×　17 2.5　2.4	喙 ×　× 2.5　2.4	喬 58　164 10.4　10.5	十 畫	殼 ×　× ×　2.4	嗇 29　84 5.9　×	嗌 ×　× 2.2　2.2	槀 ×　28 ×　×

嗣 9　29 2.　2. 12　12	十一畫	嘉 25　73 5.　5. 3　3	嘗 25　73 5.　5. 3　3	嘽 ×　× ×　2. ×　3	十二畫	賈 ×　× ×　3. ×　1	嚚 88　237 14.　14. 6　9	囂 ×　× ×　7. ×　12
十三畫	噩 ×　× ×　2. ×　5	器 10　31 3.　3. 1　1	十四畫	嚌 ×　× ×　2. ×　2	十七畫	嚴 6　17 2.　2. 5　4	十八畫	嚻 10　31 3. 1
十九畫	囊 34　95 ×　×	口部	囗 ×　× 6. 6	二畫	四 87　235 14.　14. 5　7	三畫	囝 ×　× ×　6. ×　5	因 34　96 ×　×
回 ×　× 6.　× 6	五畫	固 ×　× 6. 6	困 ×　× 6. 6	六畫	囿 34　95 ×　6. ×　5	七畫	圅 40　114 7. 3	圃 34　95 ×　×
八畫	國 34　95 6. 6	十一畫	圖 34　95 6. 6	土部	土 79　216 ×　13. ×　3	三畫	圭 80　219 ×　×	地 ×　× 13.　13. 4　4
在 79　217 13.　13. 4　4	四畫	圸 × ×　×	坏 ×　219 13. 5	址 ×　× 14. 5	均 ×　217 13.　13. 4　4	五畫	坡 ×　× 13. 4	坤 ×　217 13. ×
坿 ×　× 13.　13. 4　4	垂 ×　× 6.　13. 5　5	六畫	坙 63　179 ×　×	型 ×　× 13.　13. 5　4	垣 79　217 ×　×	坦 ×　× 13. 6	埀 ×　× 13. 6	七畫

城 80　219 13.5　13.4	八 畫	執 58　165 10.4　10.6	堅 ×　× 13.6　×	域 72　200 12.5　12.10	堋 ×　× ×　13.5	基 遺2　217 13.4　×	堇 80　219 ×　13.5	堂 ×　× 13.4　×
九 畫	報 ×　× 10.5　×	堯 ×　× 13.6　×	堵 79　217 13.4　×	場 ×　× 13.6　×	埶 ×　42 3.7　3.7	十 畫	塙 ×　217 13.4　13.4	塡 79　217
塍 ×　× 13.4　13.4	十 一 畫	墉 ×　× 13.6　13.4	墐 ×　× 13.4　×	十 二 畫	增 80　219 ×　×	墜 ×　× 13.4　13.5	墨 80　219 13.5　×	十 三 畫
墻 ×　× ×　13.5	十 四 畫	壆 37　107 ×　×	壎 79　217 ×　×	壐 79　218 13.5　13.4	十 五 畫	壘 ×　× 13.6　×	士 部	士 3　5 1.3　×
一 畫	壬 89　241 14.7　14.10	四 畫	壯 ×　6 1.3　×	九 畫	壹 ×　× 10.4　10.6	壺 58　164 10.4　10.6	壻 ×　× 1.3　×	十 一 畫
壽 ×　× ×　2.4	夂 部	四 畫	夆 ×　85 5.10　5.14	夊 部	四 畫	夋 ×　× ×　5.13	五 畫	夌 ×　× ×　5.13
七 畫	夐 ×　× ×　5.4	夏 ×　× 5.10　5.13	夕 部	夕 39　113 ×　7.4	二 畫	外 39　113 7.3　7.4	三 畫	多 40　114 7.3　7.4

四畫	奅 40 113 / 7.3 77.4	五畫	夜 39 113 / 7.3 77.4	十一畫	蒙 40 114 / × ×	夤 × × / × 7.4	大部	大 57 163 / 10.4 10.5
一畫	天 1 1 / 1.1 1.1	夫 59 167 / 10.5 ×	太 63 178 / 11.3 ×	矢 × × / 10.5 ×	夭 × × / 10.5 ×	二畫	央 遣2 82 / × ×	失 × × / 12.3 ×
三畫	夷 30 57 164 / 10.5.4 10 ×	夸 57 163 / 10.4 ×	四畫	夾 57 163 / 10.4	五畫	奉 12 39 / 3.5	奇 × × / 5.3	六畫
奏 58 166 / × 10.6	奔 58 164 / × 10.5	奓 × × / 10.4 10.6	奐 × × / 3.5	七畫	奚 58 166 / × ×	八畫	奄 57 163 / × ×	九畫
奠 24 69 / × 5.1	奢 58 165 / 10.5 10.6	十畫	奞 × × / × 4.4	十二畫	奭 × × / × 4.3	十三畫	奮 20 58 / × 4.4	十五畫
奰 59 166 / × ×	女部	女 69 192 / 12.3 12.3	二畫	奴 × × / 12.4 12.7	奼 × × / × 12.7	三畫	妄 × × / × 12.6	改 × × / × 12.5
妃 70 194 / 12.3 12.5	妜 × × / 12.4 12.5	好 71 196 / 12.4 12.5	如 × 197 / 12.4 ×	四畫	晏 × × / × 12.7	妝 71 197 / × 12.7	妥 × × / × 12.6	妨 × × / 12.4 ×

妘 69　193 ×　12.4	姒 70　195 12.4　12.5	妊 70　194 ×　12.5	妥 ×　× ×　12.7	五畫	妾 ×　× ×　3.4	妻 70　194 ×　12.4	妹 70　196 ×　12.5	姑 遺70 4　195 ×　12.4
妅 71　198 ×　×	姏 71　198 ×　×	始 71　196 12.4　12.6	姓 69　192 12.3　12.4	姁 ×　× 12.4　12.4	姊 ×　× 12.4　12.5	六畫	姜 69　192 12.3　12.3	威 70　195 12.4　12.5
姑 69　193 12.3　12.4	姬 69　193 12.3　12.3	姻 ×　× 12.4　12.4	姚 ×　× ×　12.4	姝 71　196 ×　×	七畫	笞 ×　× 12.7	娗 ×　× 12.7	娓 ×　× 12.7
娉 ×　× ×　12.6	八畫	婦 70　194 12.3　12.4	娸 69　194 ×　12.7	焰 ×　× ×　12.7	婳 ×　× ×　12.5	婬 71　197	媟 71　198	婢 ×　× 12.4
婣 ×　× ×　12.4	婚 70　194 12.4	九畫	媛 70　196 ×　×	媸 71　197	十畫	媵 ×　× 12.6	媾 70　196 12.4	娟 69　× 12.4
媿 71　197 12.4　12.6	十二畫	嫿 ×　198 ×　×	嫘 ×　× 12.6	嫣 69　193 12.4	十三畫	嬴 69　193 12.4	斂 ×　× 12.7	十四畫
嬰 ×　× ×　12.6	斂 ×　× ×　12.7	嬭 71　198 12.6	十五畫	孌 ×　× 12.7	十九畫	變 71　197	廿三畫	孀 71　198

子部	子 89 242 14. 14. 7 10	一畫	孔 67 186 12. × 1	二畫	孕 × × × 14. 11	三畫	字 × × 14. × 7	四畫
孝 49 141 8. 8. 6 8	孚 × × 3. 3. 7 7	五畫	孟 90 243 14. 14. 8 11	季 90 243 14. 14. 8 11	六畫	孨 90 243 × ×	七畫	孫 75 203 12. 12. 7 13
九畫	孱 × × 14. × 7	十畫	彀 90 243 14. 14. 7 11	舂 390 244 × × 11	孳 × × × 14. 11	十三畫	學 17 53 3. 3. 12 11	宀部
二畫	宁 × × × 14. 8	它 × × × 13.8. 3 3	穴 43 122 7. × 10	三畫	守 42 121 7. 7. 6 9	宅 41 118 7. 7. 6 8	安 42 120 7. 7. 7 8	四畫
写 × × × ×	宋 43 123 7. 7. 9 10	宏 42 119 7. 7. 7 10	五畫	宓 × × 7. × 8	宗 43 123 7. 7. 9 10	定 × × 7. 7. 9 10	宕 × × 7. × 9	官 85 232 14. 14. 3 6
宜 42 121 7. 7. 8 9	六畫	宣 41 119 7. × 8	宦 × × 7. × 8	室 41 119 7. 7. 6 8	宥 × 121 7. 7. 8 8	客 43 122 7. 7. 8 9	七畫	寒 × 70 × ×
宰 42 121 7. 7. 8 8	害 × × × 7. × 9	窖 × × 7. × 10	家 41 118 7. 7. 6 8	宴 42 120 7. 7. 8 8	宮 43 123 7. 7. 9 10	宵 42 122 7. × 7	容 × × 7. 7. 7 7	八畫

密 × × 9. 5	寠 × × 7. × 8	寇 17　52 3.　3. 12　11	寅 90　244 14.　14. 8　11	寀 × × × 7. 10	宿 42　122 × × × 7. 10	九畫	窓 24　71 5.　5.7. 2　3 8	寫 × × 7. 10
寒 × × 7. × 9	富 42　120 7.　7. × ×	寓 43　122 7.　7. 9　9	窊 42　119 7.　7. × 9	寝 43　122 7.　7. × 9	十畫	索 43　122 7. 10	裹 43　123 7. 10	寘 × × 7. 10
欽 × 123 × ×	十一畫	康 × 119 × ×	寧 24　71 5.　5. 2　3	寡 43　122 7. 8	實 42　120 7. 7	十二畫	審 42　121 2. 2	寫
窒 × × × 7. 10	十三畫	寰 × × 7. 9	斂 × × × 7. 10	十五畫	襃 遺2 × ×	十六畫	窺 42　120 7.　7. 7　8	寵 × × 7. 9
灠 × 123 × ×	十七畫	寶 遺42　120 3 7.　7. 7　9	十八畫	癧 × 124 × ×	十九畫	纛 × × 7. 10	寸部	三畫
寺 16　49 3.　3. 10　9	四畫	守 × × × 4. 7	六畫	封 79　218 13.　13. 5　4	村 × × × 3. 8	七畫	專 16　49 × 3. 9	射 遺29　5 5.　5. 8　11
八畫	專 × × 4. × 5	將 × 49 3. × 10	九畫	尊 遺92　49 5 14.　14. 9　13	尌 × × × 5. 3	十一畫	對 12　38 3.　3. 5　4	十三畫

導 × 49 3.10 ×	對 12 38 3.5 3.4	小部	小 4 11 2.1 2.1	一畫	少 × × × 2.1	五畫	尚 4 11 2.1 ×	八畫
㞑 45 131 × ×	尢部	尢 × × ×	尸部	尸 49 142	一畫	尹 14 44 3.8 3.8	二畫	尼 × × 8.8
四畫	局 × × 2.5 ×	五畫	居 84 228 14.8.4 8	屈 49 142	六畫	屎 49 142	屋 × × 8.6 ×	七畫
屖 × × × 8.8	八畫	扇 65 183 × ×	九畫	屠 × × 8.6 ×	十畫	屡 × × 2.8 2.8	十二畫	履 × × 8.6 8.6
屮部	一畫	屯 3 6 1.3 1.4	四畫	岅 × × 1.3 ×	十二畫	嵓 3 6 1.3 ×	十八畫	巋 × × 1.3 ×
山部	山 53 153 9.5 ×	四畫	岐 × × × 6.9	五畫	岙 × × 3.5 ×	㠵 遣3 153	岳 × × 9.5 ×	七畫
峻 × × × 9.4	八畫	崿 × 153 × 6.9	椧 × × 9.5 ×	崟 × × 9.5 ×	十三畫	崋 × × 9.5 ×	巛部	三畫

州 64 180 11. 11. 4 5	四畫	巠 64 180 11. 11. 3 4	巡 × × 2. × 7 ×	十二畫	钃 × × 10. × 5	工部	工 24 70 5. 5. 2 1	二畫
巨 24 70 5. 5. 2 2	左 24 69 5. 5. 2 1	四畫	玒 14 43 × 3. 7	巫 × × × 5. 2	十二畫	巠 24 70 × 5. 1	己部	己 88 239 × 14. 9
巳 91 245 × 14. 2	二畫	巴 91,5 232 14. 2.14. 8 3 12	六畫	熙 × × × 12. 2	巷 × × 6. × 13	八畫	巽 88 240 14. 14. 7 9	九畫
巽 × × 5. × 2 ×	巾部	巾 × × × 7. 12	一畫	市 45 131 7. 5. 12 11	二畫	布 45 131 × ×	四畫	帶 × × × 7. 12
五畫	帚 45 131 × × 7. 12	術 × × 7. × 11	帛 × 131 7. × 11 12	帑 × × × 7. 12	六畫	帝 1遺 附 3 9 1. 1. 1 1	帥 44 130 × 7. 12	七畫
帢 × 131 × ×	帨 × × × 7. 12	師 33 94 6. 6.6. 5 3 4	八畫	帶 44 130 7. 11	常 44 130 7. 7. 11 12	十二畫	幬 × × × 7. 12	干部
干 10 31 × 3. 1	二畫	平 25 72 5. 5. 3 3	三畫	年 41 117 7. 7. 5 7	幺部	三畫	絲 × × × 4. 6	六畫

幽 21 61 / 4.4 4.6	九畫	幾 × 61 / 4.4 4.6	广部	五畫	庚 89 240 / 14.7 14.9	府 53 153 / × ×	六畫	麻 × × / × 6.2
七畫	麻 × × / × 6.1	八畫	麻 × 118 / × ×	康 遺2 117 / 7.5 7.7	庸 17 54 / 9.6 9.4	庶 53 154 / 9.6 9.4	九畫	庳 × × / × 9.4
十畫	廚 53 154 / × ×	十一畫	廄 53 153 / × ×	廎 × × / 9.6	十二畫	廟 53 154 / 9.6 9.4	廣 53 153 / 9.5 9.4	十三畫
廩 × 83 / 5.9 5.12	十四畫	廡 × × / × 9.4	十六畫	廬 × × / 9.5	廫 × × / × 9.4	十七畫	龐 × 154 / × ×	夊部
四畫	延 9 27 / 2.11 2.11	廷 9 27 / 2.11 2.11	六畫	建 9 27 / × ×	廾部	廾 × × / 3.5	一畫	廿 10 33 / 3.3.1 5
二畫	弁 50 144 / × ×	四畫	弅 × × / 3.5	五畫	卑 × × / 3.5	六畫	弇 × × / 3.5	十三畫
罻 12 39 / × 3.5	弋部	弋 × × / 12.5	弓部	弓 74 205 / 12.5.7 2 12.13	二畫	弘 75 206 / × 12.13	弗 72 199 / × 12.8	三畫

弳 × × 12. 7	弛 75　206 × ×	五畫	彆 75　206 × 12.13	六畫	弴 74　205 × 12.13	八畫	張 × 205 12.7 12.13	弸 × × × 12.13
九畫	彌 75　206 × 12.13	弜 × 206 × ×	十三畫	彊 74　205 12.7 12.13	十八畫	彄 75　206 × ×	彐部	五畫
彔 40　116 7.4 7.6	九畫	彘 54　156 9.7 ×	十三畫	彞 54　156 × ×	十五畫	彝 遺77 4　213 13.3 13.2	彡部	四畫
形 27　77 × 5.8	六畫	彥 × 149	八畫	彫 × × 9.2	九畫	彭 75　73 5.3 ×	十畫	彰 × × 9.2
彳部	三畫	彴 7　21 2.7 ×	四畫	徂 × × × 2.8	徇 × × × 2.10	五畫	徃 × 25	往 × × 2.10
征 × × 2.7 2.7	彼 8　26 2.7 2.10	六畫	後 9　26 2.10 2.10	徇 × × 5.7 ×	七畫	徘 × × × 2.11	八畫	得 9　26 2.11 2.10
御 9　27 2.11 2.10	九畫	假 8　26 × ×	徬 × × × 2.11	復 8　25 2.10 2.10	十畫	徯 × × × 2.10	微 8　26 × ×	十一畫

復	㣿	十二畫	瞿	徹	德	心部	心	一畫
8 25 2. 2. 10 10	7 26 2. × 11		× 25 × ×	× 49 × ×	8 25 2. 2. 10 10		59 167 10. 10. 6 7	
必	二畫	忍	三畫	忘	忒	忌	志	四畫
4 12 2. 3. 1 1		60 169 10. × 7		× × 10. 10. 7 8	59 169 10. × 7	60 169 × 10. × 8	× 167 10. 6	
忻	忢	忠	念	五畫	怛	怡	忑	思
× × 10. 6	60 170 × ×	× 167 10. 6	59 167 10. 10. 6 7		60 169 10. 6	60 170 10. 6	60 170 10. 6	59 166 10. 10. 5 7
㤼	怒	六畫	恁	恆	恂	恭	想	息
× × 10. 6	× × × 10. × 8		× 168 × ×	79 216 13. 4	× × 10. 10. 6 7	× × 10. 6	60 170 10. 6	× × 10. 6
七畫	悖	悝	悒	悔	㤉	悊	恩	㤅
	× × × 3. × 3	× × 10. 10. 7 8	× × 10. 10. 7 9	× × 10. 7	× × 10. 8	× × 10. 6	× × 10. 5	60 170 × ×
悆	八畫	惟	惠	惪	甚	愁	恳	㥆
59 169 × 10. × 8		× × × 10. × 7	21 61 4. 4. 5 6	59 167 10. 7	× × 10. 7	× × × 10. × 8	60 171 × ×	× × × 10. × 8
悲	惌	九畫	愆	愕	惕	愍	愨	感
× 169 10. 7	60 171 × ×		59 168 10. 10. 2. 7 8 5	× 171 × ×	× × 10. 7	16 60 169 × × 10. 8	60 170 × ×	60 171 × ×

愛 × 168 10.7	愈 × 170 60 ×	十畫	愼 × × 10.6 10.7	愧 71 197 12.4 12.6	慫 × × × 10.7	十一畫	慶 59 168 10.6 10.7	憃 59 169 × ×
憂 × × 10.7	慕 59 168 × ×	慂 60 170 × ×	十二畫	憲 59 168 × 10.8	盪 × × × 10.7	憐 × × 10.7	十三畫	懌 × × 10.7
憨 × × × 10.8	懋 59 168 × 10.8	十八畫	懿 × × × 10.6	戈部	戈 72 199 12.5 12.9	一畫	戊 88 239 14.6 14.9	戍 73 202 × ×
二畫	戌 72 200 × 12.10	戎 72 200 × ×	戌 95 249 14.9 14.13	三畫	㦰 × × 12.5 12.10	戒 × 39 3.6 ×	成 88 239 14.6 14.9	我 遺73 4 202 12.6 12.11
四畫	或 72 200 12.5 12.10	戙 × × 3.7 3.7	㦹 73 202 × ×	㦿 72 201 × ×	五畫	戩 72 200 12.5 ×	戚 × × 13.8 13.7	七畫
戜 × × × 12.10	戛 72 200 12.5 12.9	戚 73 202 × 12.11	九畫	戠 73 202 × 12.10	戣 × × × 12.9	戥 × 201 12.6 ×	十畫	戟 72 200 12.5 12.9
戨 × × 12.5	十一畫	戮 × × × 12.10	十二畫	戳 × × × 3.3	戰 × 200 × 3.3	十三畫	戲 72 200 12.5 12.10	十四畫

戴 13 40 × × × ×	戶部	戶 × × 12.1 12.2	一畫	戹 × × × ×	四畫	所 85 230 14.4	七畫	扈 × × 6.10
手部	才 33 93 6.4 6.3	手 68 190 12.2 ×	四畫	承 × × × ×	扶 × × 12.3 12.3	折 3 8 1.6 ×	五畫	招 68 190 12.3
拜 68 190 12.2 12.2	六畫	持 × × 12.2	拍 × 192	七畫	摯 14 43 3.7	八畫	掄 × × 12.3	掌 × × 12.2
九畫	揚 68 190 12.3 12.3	揣 × × 12.3	十畫	博 × × 12.2	十二畫	撲 69 192 12.3	播 × × 12.3	十三畫
操 × × 12.3	擇 12 68 190 12.3 12.3	撥 × ×	十五畫	攀 × × 2.6	支部	支 × × 3.9	攴部	改 遣1 53 × ×
攻 遣3 52 3.12 3.11	攷 × × 3.10	攸 17 51 3.12 3.11	四畫	政 遣1 50 3.11	五畫	敎 × × 3.10	啟 16 50 3.10	敳 × × 3.11 3.10
故 16 50 × × 3.10	敂 16 50 3.11 3.10	六畫	效 16 50 3.11	敃 × × × ×	數 × × 3.12 8.4	敄 × × 8.2 8.4	七畫	敓 16 51 3.11 3.11

救	敖	敂	敕	敦	敗	教	敏	傲
× × 3. 11	21 62 × 4. 6	17 52 × 3. 11	16 50 × ×	× × 3. 10	× × 3. 11	17 52 3. 3. 12 ×	16 50 3. 3. 11 10	× × 3. 11
八畫	敦	椒	傲	九畫	敬	敵	十畫	鼓
	遺17 5 3. × 12	× × 7. × 6	× × × 7. 13		53 152 9. 9. 4 3	× 53 × ×		17 52 × ×
十一畫	毆	敶	敵	數	斁	十二畫	散	斂
	55 158 × ×	16 51 × 3. 11	× 51 × ×	× × 3. 10	17 52 × ×		22 63 4. 7	× × 3. 12
十三畫	斀	斂	十六畫	斄	斅	斅	十八畫	斆
	遺17 1 51 3. × 11	× 51 3. × 11		17 52 3. 3. 12 11	× × 4. 4	× × 3. 11		× × 3. 11
文部	文	斗部	斗	六畫	料	斤部	斤	四畫
	52 150 9. 9. 2 2		× × 14. 14. 2 5		× × 14. 2		84 229 × ×	
斨	斧	五畫	斫	八畫	斯	九畫	新	方部
84 229 × ×	84 229 × ×		× × 14. 2		× × × 14. 4		85 230 14. 14. 2 4	
方	二畫	扵	四畫	於	六畫	旁	旃	旅
50 144 8. 8. 7 9		× × 7. 7. 1 2		20 60 4. 4. 4 5		1 2 × ×	× × 7. 2	39 111 7. 7. 2 3

旂 38 110 7.2 7.2	七畫	旌 × × × 7.3	旋 × × 7. 7.3	旆 39 111 7.2 7.3	族 39 111 7.2 7.3	十畫	旗 × × × 7.2	十四畫
旛 39 111 × ×	十五畫	旜 × × 7.2	旝 × × 7.2	旟 × × 7.2	十八畫	旟 × × × 7.2	无部	七畫
旣 27 78 5.6 5.8	日部	日 38 109 7.1 7.1	一畫	旦 38 110 7.2	二畫	旨 25 73 9.4	旬 × × 9.4	三畫
昊 × × × 7.2	四畫	昔 58 110 7.1	昉 × × 7.1	昆 × × 7.1	昌 38 110 7.1	明 39 113 7.3 7.4	易 54 156 9.7 9.5	昏 × × 2.5 7.1
五畫	昶 × × × 7.2	昧 38 109 7.2	是 7 20 2.2 7.7	昜 54 153 9.6 9.5	昭 38 109 7.1	界 58 166 × ×	星 × × 7.2 7.3	六畫
晉 38 109 7.1 ×	時 38 109 7.1 ×	七畫	晤 × × × 7.1	晨 × × 7.2	八畫	智 19 57 × 4.3	十二畫	曆 × × 5.2
㬎 38 110 × 7.1	十三畫	曭 39 111 7.3 7.3	十六畫	曡 × × 7.2	曰部	曰 24 71 5.2 ×	二畫	曲 × 205 12.12

三畫	更 × × 3. 11 ×	四畫	曶 24 71 × ×	六畫	書 15 47 3. 9 ×	七畫	曹 × × 5. 5. 2 2	八畫
曾 17 36 11 2. 2. 1 1	九畫	會 28 81 5. 5. 7 10	十六畫	豐 × 71 5. 5. 2 2	月部	月 39 111 7. 7. 2 3	二畫	有 39 112 7. 7. 2 4
四畫	服 50 143 8. 8. 7 9	朋 20 59 4. 4. 4 5	五畫	朏 39 112 × 7. 4	六畫	朔 × 112 7. 2	脁 49 143 ×	七畫
望 73 203 × 12. 11	八畫	朝 38 39 110 7. 7. 1 2	期 × 112 3. 7. 7 4	十畫	朢 48 137 8. 8. 4 6	木部	木 31 87 6. 6. 1 1	一畫
未 91 246 × 14. 12	末 32 89 × ×	本 × × 6. 2	二畫	束 × × 7. 5	朱 32 89 × ×	三畫	朿 × × 6. 2	束 × × 6. 4
杞 31 88 × ×	杜 31 87 6. 1	杠 × × 6. 2	李 × × 6. 1	四畫	東 33 92 6. 6. 4 3	枋 32 88 6. 3	柜 32 91 6. 2	枝 × × 6. 2
林 × × 6. 6. 4 3	极 32 91 × ×	析 33 91 6. 6. 3 2	松 31 89 6. 1	果 × × 6. 2	五畫	亲 31 87 × 6. 1	某 × × 6. 1	葉 × 92 6. 6. 3 2

柠 × × / 6.1	柞 31 88 / 6.2	枯 × × / 6.2	枛 × × / 6.2	枏 × × / 6.2	柷 × × / 6.3	柳 31 88	六畫	桐 × × / 6.1
株 × × / 6.2	格 32 89 / 6.1	七畫	條 89 / 6.3	梁 32 91 / 6.3	根 × × / 6.2	桮 33 92 / 6.3	栖 × × / 6.3	桾 × × / 6.2
梅 × × / 6.1	桼 × × / 6.5	八畫	棄 20 61 / 7.4	棘 × ×	椒 × × / 6.2	械 31 88 / 6.3	棱 × × / 6.3	棧 × × / 6.2
椅 × × / 6.1	椓 × × / 6.3	棓 31 87 / 6.1	棠 × × / 6.1	栠 × × / 6.2	椶 92 / 6.2	九畫	梂 33 93 / 6.3	樆 × × / 6.3
楮 × × / 6.1	楚 33 93 / 6.1 6.3	楊 31 88 / 6.1	楬 × × / 6.3	楨 31 87 / 6.1	楑 × × / 6.2	椽 × × / 6.2	桌 40 114 / 7.4	業 12 38 / 3.5 3.4
十畫	槀 32 89 / 6.2	榦 32 90 / 6.2	榜 × × / 6.2	榑 × × / 6.2 6.1	榘 24 70 / 5.2	槃 32 90 / 6.3 6.1	十一畫	樞 × × / 6.3
槮 × × / 6.1	橖 × × / 6.1	樊 92 / 3.5	榴 × × / 6.1	槬 × ×	樂 32 90 / 6.3 6.2	十二畫	橐 × × / 6.5	樹 32 89 / 6.2

橫 33　91 ×　×	檾 ×　× 6.　6. 3　3	樸 32　89 ×　×	十三畫	囊 ×　× 6.　6. 6　4	樲 ×　× 6.1	十四畫	檶 ×　× 6.1	十五畫
櫝 ×　× ×　6.1	櫚 32　90 ×　6.1	囊 ×　× 6.6	十八畫	欂 ×　89 ×　6.3	十九畫	欒 31　88 ×　×	欠部	二畫
次 ×　× 8.　7.8. 8　6 10	八畫	歂 ×　× 8.11	款 ×　× 8.8	欺 50　145 ×　×	欽 ×　× 8.10	欲 ×　× 8.10	九畫	歇 ×　× 5.3
十畫	歌 50　145 ×　× 8.10	歠 ×　× 8.10	十一畫	歐 ×　× 8.　8. 8　10	歙 50　145 8.8 ×　×	十八畫	歡 ×　× 8.8 ×　×	止部
止 6　19 2. 6	一畫	正 7　20 2.　2. 6　7	二畫	此 7　20 2. 7	三畫	步 ×　× 2.6	四畫	武 73　201 12.　12. 5　10
六畫	歭 6　19 ×　×	九畫	歲 7　20 2.　2. 6　7	歱 遺 1　19 ×　×	十二畫	歷 6　19 ×　×	十四畫	歸 7　19 2.　2. 6　6
歹部	二畫	死 20　63 4. 7	歾 ×　× 4.5	五畫	殂 ×　× 4.6	殳部	殳 16　48 ×　×	六畫

殷 48 138 8. × 5	七畫	毇 × × 3. × 10	殴 16 48 3. 3. 10 9	殺 × × 3. 9	九畫	嫛 × × 3. 9	母部	毌 71 198 12. 12. 4 8
一畫	母 70,3 195 12. 12. 3 5	三畫	每 3 6 1. 1. 3 4	十畫	毓 × × 14. × 8	比部	比 × × 8. 8. 4 6	四畫
𣬉 × × × 8. 6	五畫	㦵 47 137 × ×	十畫	夒 56 160 10. 2	十二畫	鲁 × × 10. 2	毛部	毛 49 142 8. 8. 6 8
氏部	氏 72 199 12. 12. 5 8	一畫	民 72 198 × 12. 8	氐 × 199	二畫	㲋 × × 12. 8	水部	水 61 173 11. × 1
一畫	永 遺64 81 4 11. 11. 4 4	三畫	氾 × × 11. 2	江 × 173 11. 2	汙 × × 11. 3	池 × × 11. 1	汚 63 178 × ×	四畫
沈 × × 11. 2	汨 × 179 11. × 2	汪 62 175 11. 2	沔 61 173 11. 2	沖 × × 11. 2	汭 × × 11. 3	沙 62 176 11. 2	沈 61 174 11. 2	汷 17 51 3. 3. 12 11
五畫	沱 61 173 11. 1	汩 64 180 × ×	泓 × × 11. 2	沫 × 177 11. 3	河 61 173 11. 11. 1 1	沽 × × 11. 1	波 × × 11. 2	汰 × × 11. 3

沾	泃	沴	泰	六畫	洋	津	汧	洹
×　×	63　179	×　×	63　178		×　×	×　×	61　174	61　175
11. 1　×	×　×	×　11. 3	×　11. 3		11. 1　×	11. 3　×	×　×	×　×
洦	洞	洵	洛	泊	七畫	流	涇	涅
×　×	×　×	×　×	61　174	63　177		64　180	62　176	
11. 2　×	11. 2　×	11. 2　×	11. 1　11. 1	×　×		×　×	11. 1　11. 1	×　×
浥	涉	浮	浩	海	八畫	洴	深	淒
×　×	64　180	×　×	×　×	62　175		64　179	61　174	
11. 3　×	11. 3　×	11. 2　×	11. 2　×	×　×		×　×	×　×	×　11. 2
清	涿	淝	涸	淑	淲	淖	渼	淫
62　176	63　177	×　×	×　×	62　175	×　×	62　176	63　178	
×　×	×　×	×　11. 2	×　11. 3	×　11. 2	×　11. 1	×　×	×　×	×　11. 2
滔	淮	淵	淦	九畫	渠	湝	游	湧
×　×	61　174	62　176	63　178		×　177	63　179	38　110	62　175
×　11. 2	11. 1　×	11. 2　×	×　×		×　×	7. 2　×	7. 3　×	×　×
湄	湛	湖	渫	湘	減	湎	湯	渴
×　×	62　177	62　176	63　178	×　×	×　×	63　177	63　177	×　×
11. 3　×	×　×	11. 3　×	×　×	11. 1　×	×　11. 3	11. 3　×	11. 3　×	11. 3　×
湩	湫	滄	渝	十畫	溓	溼	滑	溜
63　178	×　×	×　×	×　×		×　×	65　177	×　×	×　129
11. 3　×	×　11. 2	5. 6　×	×　11. 3		×　11. 2	×　×	11. 2　×	×　×

溫	滔	十一畫	漸	漁	溉	十二畫	澮	潭
× × ×	62 175 11. 11. 2 2		61 174 × ×	66 185 11. × 5	× × × 11. 1		64 179 11. × 1	× × 11. × 1
潮	潘	十三畫	潞	灠	澤	十四畫	濟	濯
62 175 11. × 2	× × 11. × 3		61 174 × ×	63 179 × ×	62 176 11. 11. 2 2		62 175 11. × 1	63 178 × ×
十五畫	瀰	樂	十六畫	濾	潭	瀞	十八畫	灤
	× × 11. × 2	61 176 11. × 1		× × 11. × 3	× 178 11. × 3	× × × 11. 2		56 159 10. × 2
火部	二畫	灰	灮	三畫	焱	灸	四畫	炙
		× × 10. 3	× ×		57 163 × ×	× × 10. 3		× × × 4. 7
五畫	炱	六畫	威	烝	烈	烏	七畫	羨
	× × 10. × 3		57 162 × ×	57 162 10. × 3	× × 10. 4	20 60 4. 4		× × 10. × 3
熮	八畫	閔	無	然	焦	九畫	煙	煨
× × 10. × 4		× × 10. 10. 3 4	33 74 203 6. 12. 6. 12 6 4 3 11	57 161 × ×	× × 10. × 3		× × 10. 3	× × 10. 3
熙	煮	十畫	熒	膝	熊	熏	十一畫	熬
× × × 10. 2. 4 6	56 161 × ×		× 162 × ×	× × 10. 4	56 161 10. 10. 3 3	3 6 1. × 3		57 162 × ×

十二畫	熾 ×× / × 10.3	燔 57 161 / ××	燕 66 185 / ××	十三畫	爕 ×× / 10.3 10.4	爒 14 44 / 3.8 ×	十四畫	燾 ×× / × 10.4
十六畫	燓 ×× / × 10.4	廿四畫	爨 ×× / 10.3 10.3	爪部	四畫 ×× / 8.4 8.6	坙 8.6	五畫	爰 21 62 / 4.5 ×
再 ×× / 4.4 ×	八畫	舀 ×× / 4.5 4.6	爲 14 42 / 3.7 3.6	十四畫	爵 28 79 / 5.6 5.8	父部	父 14 43 / 3.8 3.7	爻部
爻 18 54 / ××	七畫	爽 18 54 / 7.3.2 12	十畫	爾 18 54 / 3.13 3.12	十二畫	叕 ×× / 2.5 ×	爿部	三畫
壯 × 6 / ××	十三畫	牆 30 84 / ××	片部	片 ×× / ××	牙部	牙 ×× / 2.11 ×	牛部	牛 4 13 / 2.2 ×
二畫	牟 ×× / × 2.2	三畫	牡 × 13 / 2.2 ×	牢 4 13 / 2.2 ×	四畫	牧 遺1 53 / 3.12 ×	七畫	牼 × 13 / 2.2 ×
八畫	犅 × 13 / 2.2 ×	犀 ×× / 2.2 ×	十一畫	犒 4 13 / 2.2 ×	犛 ×× / 2.2 ×	十六畫	犧 ×× / 2.2 ×	犬部

罃 74 205 · 12.7 ×	十六畫	甌 74 205 · × 12.13	甘部	甘 24/36 70 · 5.2 ×	四畫	甚 24 70 · × ×	生部	生 34 94 · 6.5 6.4
用部	用 17 54 · 3.13 3.12	二畫	甬 40 114 · 7.3 ×	甫 17 54 · 3.13 3.12	六畫	葡 17 54 · × 3.12	田部	田 80 220 · 13.7 13.5
由 × × · × 7.4	甲 88 238 · 14.6 14.9	申 91 246 · 14.8 14.12	二畫	甸 × × · × 13.5	粵 × × · × 5.2	男 81 222 · 13.7 13.6	四畫	畎 × × · × 11.4
畋 × 53 · 3.12 3.11	畏 53 152 · 9.5 9.4	界 × × · 13.7 ×	五畫	畹 80 220 · × 13.5	畗 × × · × 5.12	畜 × × · 13.7 13.6	留 80 221 · 13.7 13.5	畕 × × · 13.7 ×
六畫	畢 21 60 · 4.4 4.5	七畫	畯 80 221 · × 13.5	畮 80 220 · × 13.5	畫 15 47 · 3.9 3.5	番 4 12 · 2.2 2.1	異 13 40 · 3.6 ×	八畫
畹 × × · 13.7 ×	當 80 220 · 13.7 ×	畺 81 221 · 13.7 13.6	十畫	薔 × × · 13.7 13.6	細 × × · × 13.6	十二畫	疃 × × · × 13.6	十四畫
疇 × × · × 13.6	疆 81 221 · 13.7 13.6	疋部	疋 × × · 2.12	三畫	疌 × × · 2.6	九畫	疐 × × · 4.6 4.6	疑 90 243 · × ×

疒部	二畫	疕	三畫	疔	疘	疛	四畫	疥
		× 125 / 7.10 7.11		× 127	× 128	× 127 / 7.11		44 126
疲	疠	五畫	疾	疲	痎	疣	疢	
× × / × 7.11	× 128 / × ×		43 124 / 7.9 7.11	× 127 / 7.10	44 126 / 7.10	× 128	× 128	
六畫	疳	痔	痀	痎	眉	七畫	痏	痒
	× × / × 7.11	× 125	× 127	× 128	× 128		× / 7.11	× 125
痘	痔	痟	痤	八畫	痰	痹	痺	痻
× 129 / × ×	× 129 / × ×	× × / 7.11	× 125 / 7.10		44 126	× ×	× 127	× 127
瘖	瘂	九畫	瘄	瘍	瘁	瘋	瘈	十畫
× 128 / × ×	× 129 / × ×		× 125 / 7.10	× 125	× 127	× 128	× 129	
瘤	瘥	瘠	瘧	瘣	瘫	十一畫	瘭	瘼
× 129 / × ×	× × / 7.10	× × / 4.6	× ×	× × / 7.11	20 58 / 4.3 ×		× 129 / × ×	44 126 / × ×
瘳	瘋	瘞	十二畫	癈	十三畫	癥	癧	十四畫
× 126 / 7.10	× 127 / ×	× 126 / ×		44 124 / 7.10		× / 7.11	44 125 / × ×	

十五畫	蠱 × × × 6. 2	目部	目 19 55 4. 4. 1 1	三畫	直 × × 12. × 6	四畫	百 × 59 × ×	眅 4. 1
眉 19 56 4. 4. 1 2	省 × × 4. 1	相 19 55 4. × 1	曼 × × 4. 1	五畫	䀘 19 56 4. 4. 1 2	眚 × × 4. 2	眞 × × 8. 8. 3 6	眾 遣1 55 4. 4. 1 1
六畫	眾 48 137 8. × 4	八畫	睗 × × 4. 1	睢 × × 4. 1	睪 × 165 10. × 4	九畫	睽 × × 4. 1	柬 32 90 × ×
十畫	瞏 19 55 × 4. 1	矛部	五畫	矜 × × 14. 5	七畫	矞 × × 14. 5	矢部	矢 29 81 5. 5. 8 10
四畫	矦 29 82 5. 5. 8 11	五畫	臭 × × 5. 11	七畫	矤 29 81 5. 5. 8 11	九畫	鍚 × × 5. 8	石部
石 × 155 9. × 6	四畫	砆 × × 11. × 3	九畫	碩 51 148 9. 9. 1 1	示部	示 × 2 1. × 2	三畫	祀 2 3 1. 1. 2 2
祁 36 100 × ×	四畫	批 2 3 1. ×	祈 2 4 1. 1. 2 2	五畫	祖 84,2 3 14. 14.1. 4 2	神 1 3 1.1	祐 × × 1. 1. 1 1	祝 2 3 1. 1. 2 2

六畫	裀 × × ×	祭 2 3 1.2 1.1	七畫	祜 × × × 1.2	祳 × × × 1.3	八畫	裸 2 3 × 1.2 1.1	祿 1 2 1.1 1.1
九畫	福 1 2 1.2 1.1	禋 × × × 1.1	十三畫	禮 × × × 1.1	十九畫	禳 × × × 1.3	內部	四畫
禹 × × 14.6 14.8	八畫	萬 87 236 14.6 14.8	禽 87 236 14.5 ×	禾部	禾 40 116 7.4 7.6	二畫	秀 × × × 7.6	三畫
季 41 117 7.5 7.7	秉 14 44 3.8 3.8	四畫	秋 × 117 7.5 ×	秏 × × 7.5 ×	采 × × 7.5 ×	五畫	秬 28 79 5.6 ×	秕 41 116 × ×
秭 41 118 × ×	秦 41 117 7.5 7.7	七畫	程 × 117 7.5 ×	八畫	稑 × × 7.4 ×	稟 × × 5.12 ×	九畫	種 × × 7.4 ×
十畫	稷 × × 7.4 7.7	稻 41 116 7.5 ×	十一畫	穅 遺2 117 7.5 7.7	穆 × 116 × 7.7	穌 × × 7.7 ×	十二畫	穗 41 117 × ×
十三畫	穚 × × × 7.6	十五畫	穧 × × 7.6 ×	十七畫	穰 × × 7.5 ×	穴部	二畫	空 43 124 × ×

三畫	窊 43 124 × × × ×	四畫	穿 × × 7.9	窀 43 124	五畫	突 43 124 × ×	六畫	窒 × × 7.9 7.11
十畫	窯 43 124 × ×	寶 × × 7.9 × ×	十一畫	窻 × × 7.9	十二畫	寮 43 124 7.9 7.11	十四畫	竈 × × 7.10
十六畫	竈 × × 7.10	立部	立 59 167 10.5 × ×	五畫	竘 × × 10.5	七畫	竢 × × 10.7	童 38 3.5 3.4
八畫	竦 × × × × 10.7	九畫	竭 × × 10.5	端 × × 10.5	十五畫	競 × × 3.5 3.4	竹部	五畫
范 × × 5.1	笭 × × 5.1	六畫	筐 74 204 12.6 12.12	策 23 68 5.1	筍 × × 5.1	筒 68	七畫	筥 × × 5.1 × ×
筵 × × ×	笨 × × 5.1	八畫	箕 23 69 5.1	九畫	範 85 231 5.1	箱 23 67 5.1	箸 23 67 5.1	節 23 67 × ×
十畫	築 32 90 × ×	十一畫	籃 23 68 5.1	十二畫	簋 23 遺3 68 5.1	簜 × 67 5.1	簟 23 67 × ×	簡 23 67 × ×

十七畫	籥 ×　× 10. 5　×	廿一畫	籬 ×　67 5. 1　×	米部	米 ×　× ×　7./7	六畫	粲 ×　× 5.6	粵 25　72 5.3
七畫	梁 41　118 7.　7. 5　7	十一畫	糢 ×　× 7. 5　×	粼 ×　× 7. 6　×	十二畫	糗 ×　× ×　5./9	十四畫	糧 ×　× 7. 6　×
廿一畫	纞 ×　× 7. 6　×	糸部	一畫	糸 ×　× 12.　12. 7　13	二畫	糾 10　32 ×　×	三畫	紀 76　209 ×
紉 ×　215 13. 2　×	約 76　210 ×　×	四畫	紓 ×　× 13. 1　×	紗 78　215 ×　×	納 76　210 ×　×	紝 76　209 13. 1　×	純 76　209 13. 1　×	紟 ×　× ×　13./2
索 ×　× 6.　6. 5　4	五畫	絆 ×　× ×　13./2	紹 76　210 13.　13. 2　1	組 77　211 13. 2　×	紳 ×　× 13. 1　×	絅 ×　× 13. 1　×	絡 ×　214 13. 1　×	終 76　210 ×　13./1
六畫	結 76　210 ×　×	絧 ×　× ×　13./2	絑 ×　× 13.　13. 2　1	絬 77　211 ×　×	紾 ×　× 13. 1　×	絲 78　215 12.　12. 7　13	給 ×　× ×　×	七畫
綿 ×　211 13. 2　×	緶 ×　212 ×　×	綑 ×　215 ×　×	練 ×　× 13. 3	經 76　79 ×　7./11	綄 ×　× ×　7./11	綏 77　212 13.　13. 3　2	緜 77　211 ×　13./2	八畫

縎 77 211 × × 14.5	綴 × × 14.5	繛 78 215 × × 13.2	縱 × 212 13.3	綢 77 211 13.2 ×	維 77 211 13.2 ×	綦 × × 13.2	九畫	締 × × 13.1
練 × 211 13.2 ×	綯 × × 13.3	緒 76 209 13.1	緘 77 211 13.3	總 × × 13.3	十畫	縞 76 211 9.2	縈 × 211 9.2	縣 × × 9.2 9.2
十一畫	績 × 212 13.3	繆 77 212 13.2	縵 × × 13.2	縫 × × 13.2	十二畫	織 × × 13.1	繪 × × 13.2	繙 × × 13.1
繑 × × 13.2	纕 × × 13.2	紷 × × 13.2	十三畫	繮 × × 13.3	繯 × 214 13.1	繁 77 212 13.3 13.2	十四畫	繡 77 211 13.2 13.1
繼 × 210 13.1	十五畫	纏 × × 13.1	纘 × × 13.1	纇 × × 13.1	十九畫	纆 × × 13.2	纘 76 210 13.1	缶部
缶 × × × 5.10	十三畫	罏 × × × 5.10	十五畫	罍 × × × 6.1	十七畫	罐 × × 5.10	网部	网 × × 7.12
五畫	罟 × 130 7.11	七畫	罝 × × 7.11	九畫	罳 × × 7.11	十一畫	罨 × × 7.11 7.12	十四畫

罷 56 161 ×	羅 × × 7. 11	羊部	羊 20 59 4. 3	二畫	羌 × × 4. 5	三畫	美 20 59 4. 4	四畫
羖 × × × 5	羔 × × 4. 4	羕 × 182 11. 4	五畫	苟 × × 9. 4	羛 × × 12. 11	羞 90 244 14. 11	七畫	羣 20 59 4. 4 ×
義 73 202 12. 6 12. 11	八畫	臺 × × 5. 12	九畫	臺 29 83 5. 9	十畫	羲 25 72 5. 3	十三畫	羸 × × 4. 5
羽部	三畫	翀 × × 11. 4	四畫	翌 遺 2 57 × ×	八畫	翟 20 57 × ×	九畫	翦 × × 4. 3
翬 × × × 4. 3	十畫	翰 × × × 4. 3	十二畫	翼 66 186 11. 5	老部	老 48 140 8. 5	二畫	考 24, 49 141 8. 6 8. 8
四畫	耆 × × 8. 6	荖 × × 8. 7	五畫	耉 48 140 8. 6	者 19 57 4. 2 4. 3	十畫	蓍 48 140 8. 6 8. 7	而部
而 54 155 9. 5	三畫	耑 × × 7. 6 7. 8	耒部	耤 × × 4. 8	耳部	四畫		耿 68 189 12. 2 ×

五畫	聤 68　189 ×　×	七畫	聘 ×　× 12.2	聖 68　189 12.2　12.2	八畫	職 ×　× ×　12.2	睫 ×　× 12.2	聞 ×　× 12.2　12.2
聚 ×　137 ×　8.6	十二畫	職 ×　× 12.2	聯 ×　× 12.8	十六畫	聽 68　190 12.2　×	聾 ×　× 12.2	聿部	聿 15　47 3.9　3.9
四畫	肁 67　188 ×　12.2	七畫	肆 53, 遺2　47 ×　3.9	肄 ×　× 3.9　3.9	肅 ×　47 ×　×	八畫	肇 72　199 12.9	肇 16　49 3.11
九畫	肄 ×　47 ×　×	書 15　47 3.9	肉部	二畫	肌 ×　× 4.6	三畫	肝 ×　× 4.7	四畫
肩 ×　× 4.6　×	肯 4.7　4.7	五畫	肖 ×　63 4.7　×	胄 ×　× 7.10　7.12	胤 ×　× 4.6　4.7	胡 ×　× 4.6　×	胡 ×　× 6.10	六畫
戠 ×　× 4.7　×	胅 ×　× 4.7	能 56　161 10.3	脊 69　192 12.3	脅 ×　× 4.6	七畫	脯 ×　× 4.7	脂 ×　× 9.1	脝 ×　× 4.6　×
脩 ×　× 4.7	八畫	脮 ×　× 4.7	脳 ×　× 4.7　4.7	脽 ×　× 4.6	臀 ×　× 4.7	十畫	脺 ×　× ×　×	膏 ×　× 10.5　×

十一畫	膚 21　63 ×　4.7	十二畫	膳 ×　× 4.6　4.7	十三畫	膾 21　63 4.7　×	膺 ×　× 4.7	十五畫	臍 × 4.6　×
十六畫	臚 21　63 ×　4.7	十九畫	臠 ×　× 4.7	臣部	臣 ×　× 12.2	臣 15　48 3.10　3.9	二畫	臥 15　48 3.9　×
八畫	臧 16　48 3.10　×	十一畫	臨 48　138 8.7　×	臩 ×　× 10.6	自部	自 19　56 4.2　4.3	四畫	臬 ×　× 6.2
九畫	喜 ×　× 5.9　×	至部	至 67　187 12.1　×	三畫	致 遺2　84 ×　×	六畫	臸 ×　× 12.1	臼部
臼 ×　× 7.6　×	二畫	臽 ×　× 7.7	五畫	舂 ×　× 7.6	六畫	舄 20　60 4.4　4.5	七畫	與 13　40 ×　3.5
竄 13　40 ×　×	九畫	興 13　40 3.6　3.5	十二畫	舊 20　59 4.4　×	舌部	舌 ×　× 3.1　×	二畫	舍 28　81 5.7　5.10
六畫	舒 21　62 4.5　×	八畫	舞 30　84 ×　×	舟部	舟 遺2　143 8.7　8.8	三畫	舲 ×　× 8.8	四畫

舫 × × 8. × 7	服 × 143 8. 8. 7 9	般 49 143 × 8. 9	六畫	艭 × × 8. 8. 7 9	七畫	艁 × × × 2. 8	艅 × 143	艮部
一畫	良 29 83 5. 5. 9 12	十一畫	艱 80 219 13. × 6	色部	色 × × × ×	艸部	艸 × × 1. 1. 3 5	二畫
艾 3 7 1. 5	三畫	芄 × × × 1. 6	芑 × 9 1.	芊 × 9 1.	芊 × 9 1. 7	四畫	芻 3 8 1. 6	芯 × 10 1.
芁 × × × 1. 6	苃 × × 1. 4	菅 × × 1. 5	芈 × × 1. 7	五畫	茅 × 6 1. 4	苛 × 9 1. 5	若 3 8 1. 6. 6 3	莓 × × 1. 7
茻 × × × 1. 7	苑 × × 1. 5	苞 × × 1. 4	六畫	茭 × × 1. 6	茨 × × 1. 6	荊 × 7 1. 5	草 × × 1. 6	蔘 × × 1. 5
荀 × × 1. 6	茯 × × 1. 13. 6 1	茲 × 8 1. 5	七畫	莣 × × 1. 7	莫 3 10 1. 7	莊 × × 1. 4	茯 × × 1. 6	荼 × 9 1. 6
茻 × 9 × ×	苴 × 10 × ×	八畫	萃 × 8 1. 5	華 34 94 6. 6. 5 4	莧 × × 10. 2	茮 × × 1. 5	蓉 × 9 × ×	藜 × × 1. 6

九畫	葉 3.33　8 1.6　×	葩 ×　× 1.5　×	十畫	嚐 3　10 ×　1.7	薯 ×　× ×　1.7	蒲 3　7 1.4　×	蓋 ×　× 1.6　×	耆 ×　× ×　1.6
萛 ×　× ×　×	蒦 ×　58 4.3　4.4	蒼 ×　× ×　1.5	十一畫	蓮 ×　× ×　1.5	蔑 ×　× 4.3　4.4	蔡 ×　8 3.9　1.5	蔥 3　9 1.6　×	薔 ×　9 ×　×
十二畫	董 ×　7 1.5　×	賈 ×　× 1.6　1.6	蕩 ×　67 ×　×	十三畫	薄 3,10　8 1.6　×	薦 56　159 10.1　10.1	薛 ×　× 14.10　×	十四畫
薺 ×　7 1.5　×	藏 ×　× 1.6　×	十五畫	藥 ×　× ×　1.6	十六畫	蘜 ×　7 1.5　×	蘭 3　7 1.4　×	蘆 ×　× 1.4　×	蘇 ×　6 1.4　1.5
十九畫	蘿 3　7 ×　×	廿一畫	虀 ×　× 1.5　×	虍部	二畫	虎 26　75 5.4　5.5	三畫	虐 26　75 ×　5.4
四畫	虔 26　74 ×　5.4	五畫	虛 ×　× ×　12.12	虘 26　75 ×　5.4	虖 26　75 5.4　×	處 84　228 14.2　14.2	七畫	虞 26　74 5.4　5.4
八畫	虡 ×　× ×　5.5	九畫	虣 ×　× ×　5.5	號 26　75 5.4　5.4	十二畫	虦 26　75 5.4　5.5	虞 ×　× 5.4　×	虫部

虫 × × 13.3 13.2	三畫	虺 78 215 × ×	五畫	蛇 × × 13.3	蛛 × × 13.3	蚰 × × 13.3 ／ 七畫
蜀 78 215 × ×	十四畫	蠱 × × 13.3	十七畫	蠲 × × 13.3	蠻 78 216 ／ 十九畫	血部 ／ 血 × × 5.5
十八畫	盡 27 77 × × ／ 行部	行 9 27 2.11 2.11	三畫	衍 × × 11.2	十畫 ／ 衡 22 65 4.8	十三畫
衚 9 28 2.11 ／ 衣部	衣 48 138 8.5	三畫	表 遭2 139 8.5	四畫	衰 48 140 8.5 ／ 袤 48 139 8.7	五畫
袑 × × 8.7 ／ 七畫	裘 48 140 8.5	袬 × × 8.7	裝 × × 8.5	裔 48 139 8.5	裏 48 139 8.5 ／ 裛 × 139	八畫
裳 44 130 × 7.12	裨 × × 8.5 ／ 九畫	襄 × 140	十畫	褧 × × 8.5	襞 × × 8.7 ／ 褱 48 139 8.5	褒 × × 8.5
十一畫	藝 × 139 × × ／ 襄 48 139 8.5	西部	西 67 188 12.1	三畫	要 13 40 × × ／ 四畫	覀 × × 12.1

見部	見 50　144 8.　8. 7　10	三畫	覓 ×　× ×　8. ×　10	八畫	覘 ×　× ×　8. ×　10	九畫	親 50　145 ×　8. ×　10	十一畫
觀 50　145 ×　×	十八畫	觀 50　145 ×　8. 10	角部	角 22　65 4.　× 8	六畫	觟 ×　× ×　4. 8	解 65 4. 8	十一畫
觸 ×　× 4.　× 8　×	言部	言 11　33 3.　× 1	二畫	計 ×　35 3. 3	訇 ×　× 3. 4	訄 ×　× 3. 4	三畫	訊 11　34 3. 2
四畫	訩 ×　× 3.　3. 2　2	訝 ×　× 3.　3. 4　3	試 ×　× ×　3. 3	訥 ×　× ×　3. 4	訬 ×　× ×　3. 4	訛 11　34 3.　× 2	許 ×　× 3.　× 3	訢 ×　× 3.　× 3
訟 遺　1　37 3.　× 4	詧 ×　× 3. 3	五畫	詠 ×　× ×　3. 2	訶 12　37 3.　× 4	詁 ×　35 3. 3	詔 ×　× 3. 3	詖 ×　× 3.　× 4	詘 ×　× 3. 4
評 11　36 ×　×	六畫	註 ×　× 3. 4	詶 ×　× ×　3. 4	七畫	詿 ×　37 3. 3	記 11　35 × 3	詩 ×　× 3.　× 3	詼 ×　× ×　3. 4
語 11　33 3.　× 1	諫 ×　× ×　3. 2	誤 ×　× 3.　3. 4	誥 ×　× 3. 3	誨 ×　× 3.　3. 2　2	誓 11　35 3.　3. 3　2	八畫	諄 ×　× ×　3. 2	誶 12　37 ×　×

諆 12 36 3.4	諉 × × 3.4	譬 12 36 3.4	九畫	諺 × × 3.3	諫 11 35 3.3	諱 × × 3.2	諸 11 34 3.2	諶 × × 3.2
謀 × 34 3.2	諴 11 36 3.2	謂 11 33 ×	諾 11 34 ×	十畫	詷 50 145 ×	謝 × × 3.3	十一畫	謹 × 35
諲 × 367 × 12.13	繇 × × 12.13	十二畫	識 11 34 3.2	譌 12 36 3.4	譸 12 36 3.4	十三畫	譆 12 37 3.4	十四畫
謰 × 37 3.4	護 × × 3.3	十五畫	譚 × × 3.2	十六畫	讎 × 34 3.2	谷部	谷 65 182 11.4	豆部
豆 25 74 5.3	三畫	豈 25 74 × 5.8	六畫	登 × × 5.4	豊 × × 5.4	八畫	豎 × 48 3.10 3.9	十一畫
豐 25, 35 74 5.4	豑 × × 5.4	豕部	豕 54 155 9.6 9.5	四畫	彖 × × 9.7	豚 54 156 9.5	五畫	象 × × 9.7 9.6
六畫	豻 × × 9.5	豦 9.7	七畫	豨 × × 9.7	豵 遭 3 156	豪 × × 9.5	豸部	三畫

赤	七畫	赫	走部	走	尥	三畫	起	五畫
× × / 10.4 10.5	畫	× × / 10.5		6 18 / 2.5	6 18 / 2.5	畫	× 18	畫

趀	六畫	趄	趍	七畫	趙	八畫	趣	趌
× × / × / 2.6	畫	6 19 / 2.6	× 18	畫	× 18 / 2.6	畫	× × / 2.5	× 18

趠	趒	趉	十畫	趕	趫	十一畫	趞	十二畫
6 18 / 2.5	6 19 / 2.6	× 18 / 2.5	畫	× × / 2.6	× × / 2.6	畫	× × / 2.6	畫

趣	十四畫	趨	趬	十五畫	趯	十六畫	趲	十八畫
6 18 / 2.5 ×	畫	× × / × 2.5	× × / 2.6	畫	6 19	畫	× × / 2.6	畫

趲	趲	足部	足	五畫	距	跫	六畫	路
× × / × 2.5	× × / 2.6		× × / 2.11 2.11	畫	9 28	× × / 2.6	畫	遣1 28 / × ×

九畫	踵	憲	十一畫	蹟	十三畫	蹞	十四畫	蹐
畫	× × / 2.12	遣2 61 / × ×	畫	× × / 2.7	畫	× × / 2.1	畫	× × / 2.11

身部	身	七畫	躬	車部	車	二畫	軌	軍
	49 138 / 8.4 8.7	畫	× 123 / 7.9 ×		85 230 / 14.2 14.5	畫	× × / 14.6	85 232 / 14.3 14.6

三畫	曹 ×　× ×　14.6	四畫	較 85　231 14.5	五畫	軛 ×　× ×　14.6	報 ×　× 14.5	軫 ×　× ×　14.5	六畫
載 85　231 14.3　14.6	輅 遺3　231 ×　14.5	七畫	輔 85　231 14.3	輊 ×　232 ×　×	九畫	輸 ×　× 14.6	十畫	輿 ×　× 14.5
十五畫	轡 78　215 13.3　13.2	轣 85　230 14.2　14.5	十九畫	轥 ×　231 14.3　14.5	辛部	辛 89　240 14.7　14.10	四畫	辝 ×　× ×　14.10
五畫	辜 ×　× ×　14.10	辞 ×　241 ×　14.10	六畫	辟 52　151 9.3　×	辠 ×　× 14.7　14.10	八畫	辥 89　241 ×　14.10	九畫
薛 89　241 ×　14.10	十畫	辤 ×　× 9.4	十二畫	辭 ×　× ×　14.10	辰部	辰 91　245 14.8　14.12	六畫	農 ×　× 3.6
七畫	晨 13　40 3.6　×	辵部	三畫	迂 ×　× 2.10	辻 遺4　21 ×　2.7	迄 ×　× 2.9	四畫	巡 47　137 8.3　8.6
迃 ×　× ×　2.10	达 ×　× ×　2.10	迅 ×　× 3.4　3.3	迚 ×　× 2.8　2.8	迎 ×　× 2.8　×	五畫	延 7　21 ×　2.7	述 ×　× 2.7	迢 ×　× 2.9

迎	迓	迻	六畫	迹	逆	迷	退	速
× 25 / × / 2.9	× × / × / 2.8	× × / 2.9		× × / × / 2.7	7 22 / 2.8 2.8	× × / 2.9	× × / 2.10	× 22 / 2.7
追	造	七畫	通	逞	逹	述	連	逋
8 24 / 2.9 2.9	× × / × / 2.8		7 22 / 2.8	× 24	× 25 / 2.9	× × / 2.9	8 23	× × / × ×
逜	速	造	逢	八畫	逮	遭	逃	逐
× × / × / 2.10	7 22 / 2.8	7,遣2 21 / 2.8 2.8	× × / 2.8 ×		× × / 2.9	× × / 2.8	× × / 2.8	× × / 2.9
進	遲	九畫	道	遂	達	違	遇	過
× × / 2.7	× × / 2.10		8 24 / 2.9 2.9	8 23 / 2.9	8 23 / 2.9	7 23 / 2.8 2.8	× × / 2.8	× × / 2.7
遇	遐	遄	十畫	遘	遟	遠	遣	十一畫
× × / × / 2.10	× 26 / × ×	× × / 2.8		× × / 2.8	7 22 / 2.9	× 24 / 2.9	7 22 / 2.8	
遝	十二畫	遪	遹	選	遲	遷	遺	遳
× 20 / 2.7 2.7		× × / 2.7	× 23 / 2.9	× 23 / 2.9	9 26 / 2.9	× 22 / 2.8	8 23 / 2.9	× × / 2.8
十三畫	遽	還	邁	十四畫	邇	十五畫	邅	邊
	8 24 / × ×	7 22 / 2.9	7 21 / 2.8		× × / 2.9		× × / 2.8	8 24 / 2.9

邇　8 24 / × ×	十六畫	邊　× 24 / 2.10 2.9	十八畫	蓮　8 23 / × ×	**邑部**	邑　35 99 / 6.9 6.9	三畫	邕　× × / 11.4
邢　× 106 / × ×	邦　遺3 100 / × ×	邛　36 102 / 6.12 6.10	邔　× × / × 6.11	邺　× × / × ×	四畫	邙　× × / 6.11	邚　× 105 / × ×	邟　× × / × 6.9
邗　× × / × 6.10	邦　35 99 / 6.10 6.9	郑　× × / 6.12 ×	邫　36 100 / 6.11 6.9	邜　37 106 / 6.12 6.9	邘　× × / × 6.9	邪　36 103 / × ×	五畫	邯　36 101 / 6.11 ×
邠　× × / × 6.10	邨　× × / 6.10	邧　× × / 6.12	邳　× 103 / 6.12 ×	邵　× × / 6.11	邸　× × / 6.10	邶　× × / 6.10 6.9	邰　35 100 / 6.10 ×	郇　× × / 6.13
邽　× × / × 6.10	那　× 100 / × × / 6.10	邻　× × / 6.10	邢　× × / 6.12 ×	邱　× × / 6.13	六畫	郊　× 104 / 6.13 6.10	戠　× × / 6.13 6.10	郎　× × / × 6.11
郊　× × / 6.10 ×	郅　× 101 / × ×	郇　× × / 6.10	郝　36 102 / 6.12 6.10	郁　× × / 6.10	郅　× × / 6.11	郫　× × / 6.9	郴　36 102 / 6.11 6.9	郇　× × / 6.11
鄃　× × / × 6.12	鄧　× 104 / × ×	七畫	鄙　× × / 6.13	郡　× × / 6.9	秕　× × / × 6.11	郝　× × / 6.9	鄄　× × / 6.11	鄆　遺3 101 / 6.11 ×

邵	甝	郐	郃	鄀	郭	郣	鄆	邽
37　104	×　×	36　102	×　×	35　100	×　103	×　104	×　103	
×　6.10	6.12	6.12　6.10	6.11		6.10			

八畫	郋	郭	啚	邸	郎	聰	部	㶴
	×　105	×　105	×　106	37　104	×　×	36　102	×　×	×　×
	×　×	×　×		6.12		6.10		6.10

䣍	郮	郃	郰	鄭	邮	郳	鄉	九畫
37　103	×　×	×　×	×　×	×　×	×　×	37　103	×　×	
×　×	6.12	6.13	6.11	6.11	6.11	6.12	6.13　6.12	

郱	鄁	圈	都	鄂	郚	郢	郳	鄭
×　×	×　×	36　101	35,遺4　99	36　101	37　104	×　×	×　105	×　102
×　6.11	6.12	6.11　6.9	6.9　6.11			6.10		

十畫	鄒	鄭	郒	鄫	鳥	鄉	十一畫	罬
	×　102	×　106	37　106	×　×	×　×	×　×		×　105
	×　×	6.11		6.11	6.11	6.13　6.12		6.12

鄭	督	郣	廓	鄞	鄙	十二畫	鄰	鄭
×　105	×　106	×　×	×　×	×　×	35　99		×　×	36　100
×　×		6.12	6.12　6.9	6.12	×　×		6.10	6.10

鄫	鄧	郅	鄲	鄱	鄦	十三畫	鄑	鄗
36　103	36　101	×　×	36　101	×　103	36　101		×　104	×　106
6.12　×	6.11　6.9	6.11	6.11	6.12　6.12	6.11　6.9		×　×	×　×

鄉 × × × 6.10	鄏 × × × 6.12	鄒 × × × 6.12	鄗 × × 6.11	鄭 × × × 6.11	十四畫	鄺 × 105	酆 × 107	酈 × × 6.13 6.12
十五畫	酇 × 100 6.10 ×	樹 × × 6.10	酅 × ×	酆 × × × 6.11	十六畫	酇 × × 6.12	十八畫	酆 35 100 × ×
廿一畫	酈 × × × 6.10	酉部	司 91 246 14.8 14.12	三畫	配 92 247 × ×	酊 91 247	酒 91 246 14.12	四畫
酌 × 14.9 ×	酓 × 14.13 ×	五畫	酌 92 247 × ×	酢 × × 14.13	七畫	酬 × × 14.8	酷 92 247 × ×	八畫
酸 × × 14.9 ×	十一畫	醐 × 247	醫 × × 14.9	醬 × × 14.9 14.13	十三畫	醴 91 246 14.13	釀 92 247	十四畫
醻 92 247 14.9 14.13	十八畫	釁 13 × × ×	廿一畫	醻 × × 14.9	采部	釆 × × 2.2 2.1	采 33 × ×	里部
里 80 220 13.6 13.5	二畫	重 × 138 8.4 ×	四畫	野 × 220 × ×	五畫	量 × × 13.7 13.5	十一畫	釐 80 220 13.6 13.5

金部	金 82 223 14.1 14.1	二畫	釗 × × × 4.8	釙 × × × 14.3	釜 13 42 3.7 3.6	四畫	鈞 83 226 14.1 14.2	鈹 × × × 14.3
釿 85 229 14.2 14.4	鋬 83 226 14.1 14.2	五畫	鉅 × × 14.2 14.3	鈺 84 228 14.2 14.3	鉦 × × 14.1 14.2	鈴 83 226 14.1 14.2	六畫	銉 × × × 14.3
銅 × × × 14.1	銖 83 225 14.1 14.1	七畫	銿 83 226 14.1 14.2	鋈 84 228 × 14.3	鈼 83 226 14.1 14.2	鑒 82 224 14.1 ×	八畫	鋸 × × × 14.2
錯 83 225 14.1 ×	錫 82 224 14.1 14.1	鉼 × × × 14.3	九畫	鍇 × 224 14.1 ×	鍺 × × × 14.3	鍔 × × × 14.3	鍾 × × 14.2 14.2	鍰 83 226 14.1 ×
十畫	鎡 × × × 7.5	鎮 × × × 14.2	鎗 83 227	十一畫	鏃 × × × 14.3	鏐 84 227 × 14.3	鏓 84 227 14.2 ×	十二畫
鐘 83 226 14.1 14.2	鐃 遺4 228 × 14.2	鐈 × × × 14.1	十三畫	鐵 × × 14.1 ×	鐸 × × × 14.2	十四畫	鑄 82 224 × 14.1	鑑 × × × 14.1
十五畫	鑢 83 225 14.1 ×	十六畫	鑕 84 227 × 14.3	鑪 × × × 14.1	十七畫	鑮 83 226 × 14.2	十九畫	鑾 84 228 × 14.3

廿一畫	鑸 × × 10.6 ×	長部	長 53 155 9.6 ×	門部	門 67 188 12.1 ×	三畫	閈 67 188 × ×	四畫
閔 × 189 12.2 ×	閑 × × 12.1 ×	閒 67 188 12.1 12.2	閔 × × 10.3 ×	閟 × 189 × ×	五畫	閞 × × × 12.2	閘 × 188 × ×	七畫
闋 × × 12.1 ×	閻 × × × 12.2	八畫	閱 68 189 × ×	九畫	闌 × × 12.1 ×	闃 × × 12.2 ×	十一畫	關 67 189 12.2 ×
十三畫	闢 67 188 12.1 ×	阜部	四畫	阱 × × 5.5 ×	阯 × × 14.5 ×	阪 86 233 × ×	五畫	阿 × 233 14.4 ×
陣 × × × ×	附 × × 14.5 ×	六畫	陔 × × × 14.6	限 × × 14.4 ×	降 86,遺3 234 14.4 ×	七畫	院 42 119 × 7.9	陝 × × 14.7 ×
陘 × 234 14.5 ×	陟 86 234 14.4 14.6	除 86 235 × ×	八畫	陳 86 234 14.5 14.7	陸 86 233 14.4 14.6	陵 86 232 14.3 14.6	陭 × × × 14.7	陴 86 235 × ×
陰 86 232 14.3 ×	陷 × × × 14.7	九畫	隊 × × 14.4 14.6	隩 × × × 14.7	隋 × × 4.6 ×	陽 86 233 14.4 ×	隅 86 234 × 14.6	隓 × × 6.5 ×

十畫	隘 × × × 14.7	陣 × 235 14.4 ×	隗 × 234 14.4 ×	十一畫	隰 × × × 14.7	十三畫	隊 × × × 14.7	十四畫
隱 × × 14.5 ×	隶部	隶 × × × ×	隹部	隹 × × 4.3 4.3	二畫	隼 × × 4.4 ×	隻 × × 4.3 ×	三畫
雀 × 58 × ×	四畫	集 遭2 59 × 4.5	五畫	雄 × 57 × ×	七畫	雍 20 58 4.3 4.3	八畫	雕 20 60 × 4.5
雒 × 58 × ×	九畫	雖 × × 13.2 ×	十畫	雘 20 58 4.3 4.3	雗 20 58 4.3 4.4	雝 × × × ×	十一畫	難 20 60 × ×
十六畫	糶 8 23 × ×	雦 × 58 × ×	廿畫	雧 × 59 × ×	雨部	雨 65 182 11.4 ×	三畫	雪 65 183 × ×
雱 65 183 11.4 ×	四畫	雲 × × 11.4 ×	五畫	電 × × 11.4 ×	零 65 183 × ×	六畫	雷 × × 11.4 ×	九畫
霽 × × × ×	霳 65 183 11.4 11.4	十三畫	霸 39 112 7.3 7.4	露 65 183 × ×	十五畫	靁 65 183 11.4 11.4	霾 65 184 11.4 ×	十六畫

霹 20　59 ×　×	青部	青 27　77 ×　× 　5.8	一畫	靖 27　77 ×　× 5.5　5.8	八畫	靜 27　77 5.5　5.8	非部	非 66　186 ×　×
面部	面 ×　× ×　×	革部	革 ×　× 3.7　×	六畫	鞄 ×　× ×　3.6	八畫	鞜 13　41 3.7　×	鞞 13　41 3.7　×
九畫	鞰 ×　× ×　3.6	鞴 ×　× ×　3.6	十畫	轉 遭1　41 ×　3.5	十一畫	鞠 13　41 ×　×	韄 ×　× 13.1	廿三畫
韅 13　41 ×　×	韋部	韋 30　84 5.10　5.13	四畫	韍 ×　× ×　6.4	五畫	韍 45　131 7.12	八畫	韘 30　85 5.10　5.14
十畫	韓 ×　85 5.10	十一畫	韠 30　85 ×　×	韭部	韭 ×　× ×　×	音部	音 ×　× ×　3.4	二畫
章 12　38 3.5	竟 12　38 3.5　3.4	頁部	頁 ×　× 9.1　9.1	二畫	頂 ×　× 9.1	三畫	須 52　149 ×　9.2	頄 ×　× 9.1
四畫	項 51　148 9.1	頌 51　147 9.1　×	六畫	頡 51　148 9.1　×	頤 ×　× 12.2　×	七畫	頫 51　147 ×　9.1	頭 ×　× 9.1　×

頸 × × 9.1 ×	頻 × × 11.3 ×	頯 × × 8.7 ×	頲 × × 9.1 ×	八畫	頣 遺2 147 × ×	鞼 51 148 × ×	九畫	顏 × × 9.1 ×
顓 × × 9.1 ×	題 × 147 × ×	十畫	顛 51 147 × ×	十三畫	顫 × × 9.1 ×	十四畫	顯 51 148 9.2 9.1	風部
風 × × × ×	飛部	十一畫	𩙲 66 186 × ×	食部	食 28 79 × 5.9	二畫	飤 28 80 5.6 5.9	三畫
飧 28 80 × 5.9	飲 × 80 × ×	四畫	飫 × × × 5.9	五畫	飾 × × × 7.12	六畫	養 × × 5.6 ×	餈 × × 5.6 ×
七畫	餐 × × 5.6 ×	𩛂 × 80 × ×	𩛞 × 3.7 3.7	八畫	𩜃 × × 5.7 ×	九畫	餛 × × 5.6 5.9	餬 × 80 × ×
十畫	餾 × × 5.6 ×	十一畫	饉 28 80 × ×	餳 × × 5.6 ×	十二畫	饎 28 79 5.6 5.9	饋 × × × 5.9	饑 × × 5.7 ×
十三畫	饙 28 79 5.6 5.9	饗 28 80 5.7 ×	十五畫	𩟗 × 80 × ×	十八畫	饔 遺2 79 × 5.9	首部	首 51 149 9.2 9.2

六畫	韻 51 149 9.2 9.2	八畫	鹹 × × × 12.2	香部	香 × × 7.5 ×	馬部	馬 55 157 10.1 10.1	一畫
馬 × × × 10.1	二畫	馳 × × × 10.1	馭 9 27 2.11 2.11	馮 遺4 158 10.1 ×	五畫	駰 × 158	駒 55 157	駕 55 158 × ×
六畫	駐 55 158 × ×	七畫	騧 55 159 × ×	八畫	騎 × × 10.1	九畫	騠 55 159	十畫
騷 × × × 10.1	騊 55 158 × ×	十一畫	驅 55 158 × ×	驁 55 158 × 10.1	騾 55 159 × ×	驂 55 158 × ×	十四畫	驕 × × × 10.1
骨部	骨 × × × ×	高部	高 29 82 5.8 5.11	七畫	稾 × 83 5.8	髟部	髟 × × × ×	七畫
䰇 × × 9.2 ×	鬥部	鬥 × × × ×	鬯部	鬯 28 78 5.8	十畫	鬱 28 79 5.6	十八畫	鬱 28 79 × ×
鬲部	鬲 13 41 3.7 3.6	三畫	鬷 × × × 3.6	鬴 13 42 3.7 3.6	十二畫	鬻 × × × 3.6	十四畫	

鱺 14 42 × ×	十六畫	鬻 14 42 × ×	鬼部	鬼 53 152 9.5 9.3	四畫	魁 × × 14.2	八畫	魏 × × 9.5
魚部	魚 65 184 11.4 11.5	四畫	魴 × 185 × ×	魦 × × 11.5	魯 17 56 4.2 4.3	五畫	魶 66 185	鮑 66 185
黌 × × 11.5	六畫	鮮 66 185 11.5 11.5	鱸 × × 11.5	七畫	鯉 66 184	鰻 66 185	十畫	鰈 66 184
十一畫	鱒 66 185 × ×	鱧 × × 11.4	十四畫	鱞 66 184 × ×	廿二畫	鱻 × × 11.5	鳥部	二畫
鳧 遺2 48 3.10 ×	三畫	鳳 20 59 4.4 4.4	鳴 20 60	五畫	鵙 × × 4.4	八畫	鵲 20 60 4.4	鶩 × × 4.5
鶴 × × 4.4	十畫	鶱 × 60	鹵部	鹵 × × 12.1 12.1	十畫	鹹 × × 5.9	十三畫	鹽 × × 12.1
鹿部	鹿 56 159 10.1 ×	二畫	麀 56 160 × ×	四畫	麇 × × 10.2	六畫	麋 56,遺4 159 10.1 10.2	八畫

麗 56 160 10.2 ×	麓 × × 6.4 6.3	十三畫	廬 × × × 10.2	麥部	麥 × 84 5.10	麻部	麻 × 118 × ×	黃部
黃 81 221 13.7 13.6	黍部	黍 41 118 × ×	三畫	黎 × × × 7.7	黑部	黑 遺3 162 × 10.4	四畫	默 × × 10.3 ×
五畫	點 × × 10.3 ×	九畫	黶 × × 6.1 ×	黹部	黹 × × × 7.13	七畫	黼 × × × 7.13	黽部
五畫	鼀 × × × 13.3	六畫	鼁 79 216 × 13.3	十二畫	鼉 79 216 × ×	鼎部	鼎 40 115 7.4 7.5	二畫
鼏 × × × 7.5	三畫	鼐 × × × 7.5	八畫	鼗 40 115 × 7.5	十畫	齋 40 115 × ×	鼓部	鼓 25 73 5.3 ×
一畫	鼓 × × × 5.3	八畫	鼕 × × × 5.3	鼠部	鼠 × × × ×	鼻部	鼻 × 57 4.2 4.3	齊部
齊 40 114 7.4 7.5	五畫	齏 × × 5.4 5.5	六畫	齎 21 × 4.6 ×	七畫	齎 × 96 6.7 ×	齒部	齒 × × 2.11 ×

三畫	齺 ×× × 2.11	龍部	龍 66 186 11.5 11.5	三畫	龏 ×× × 3.5	六畫	龔 13 39 3.6 ×	龜部
龜 78 216 × 13.3	龠部	龠 ×× × 2.11	五畫	龢 9 28 2.12 2.11				

參考書目

一、經　類

1.　（唐）孔穎達疏，《周易正義》（藝文・十三經注疏本）。

2.　（唐）孔穎達疏，《尚書正義》（藝文・十三經注疏本）。

3.　（漢）毛公傳、鄭玄箋、孔穎達疏，《毛詩正義》（藝文・十三經注疏本）。

4.　（唐）孔穎達疏，《春秋左傳正義》（藝文・十三經注疏本）。

5.　（唐）徐彥疏，《春秋公羊傳注疏》（藝文・十三經注疏本）。

6.　（唐）楊士勛疏，《春秋穀梁傳注疏》（藝文・十三經注疏本）。

7.　（唐）賈公彥疏，《周禮注疏》（藝文・十三經注疏本）。

8.　（唐）賈公彥疏，《儀禮注疏》（藝文・十三經注疏本）。

9.　（唐）孔穎達疏，《禮記注疏》（藝文・十三經注疏本）。

10.　（宋）邢昺疏，《論語注疏》（藝文・十三經注疏本）。

11.　（漢）趙岐注，《孟子注疏》（藝文・十三經注疏本）。

12.　（宋）邢昺疏，《爾雅注疏》（藝文・十三經注疏本）。

13.　（宋）段昌武，《毛詩集解》（四庫珍本三輯，冊 38 至 40）。

14.　（宋）嚴粲，《詩緝》（清嘉慶十五年刊本）。

15.　（宋）朱熹，《詩集傳》（世界）。

16.　（明）季本，《詩說解頤》（明嘉靖刊本）。

17.　（清）郝懿行，《爾雅義疏》（藝文）。

18.　（清）王念孫，《廣雅疏證》（鼎文）。

19.　（清）江永，《周禮疑義舉要》（在《皇清經解》冊 59 至 60）。

20.　（漢）劉熙，《釋名》（藝文）。

21.　（漢）許慎，《說文解字》（藝文）。

22.　（南梁）顧野王，《玉篇》（國字整理小組・元刊本及日本抄本《玉篇零卷》合

判。)。

23. (唐)陸德明,《經典釋文》(鼎文)。

24. (清)慧琳,《一切經音義》(大通)。

25. (清)段玉裁,《說文解字注》(藝文)。

26. (清)朱駿聲,《說文通訓定聲》(藝文)。

27. (清)王筠,《說文釋例》(世界)。

28. 商承祚,《說文中之古文考》(學海)。

29. 丁山,《說文闕義箋》(中研院史語所)。

30. 周名輝,《新定說文古籀考》(文海)。

31. (清)桂馥,《說文義證》(商務・《四部叢刊》三編)。

32. 王國維,《史籀篇疏證》(商務)。

33. 周祖謨,《方言校箋》(鼎文)。

34. 高鴻縉,《中國字例》(廣文)。

35. 唐蘭,《古文字學導論》(洪氏)。

36. (宋)陳彭年,《校正宋本廣韻》(黎明)。

37. (宋)丁度,《集韻》(商務)。

38. (後周)郭忠恕,《汗簡箋正》(廣文)。

39. (宋)夏竦,《古文四聲韻》(學海)。

40. (清)阮元,《經籍纂詁》(宏業)。

41. 丁福保,《說文解字詁林》(鼎文)。

42. 林師景伊,《文字學概說》(正中)。

43. 潘師石禪,《中國文字學》(東大)。

44. 許師錟輝,《說文重文形體考》(文津)。

45. 龍宇純,《中國文字學》(學生)。

46. 林師景伊,《中國聲韻學通論》(世界)。

47. 陳師伯元,《古音學發微》(文史哲)。

48. 周師一田,《中文字根孳乳表稿》(國字整理小組)。

49. (清)吳大徵愙齋,《字說》(藝文)。

50. 林師景伊,《訓詁學概要》(正中)。

51. 田倩君,《中國文學叢釋》(商務)。

二、史 類

1. 韋昭注,《國語》(藝文)。

2. 劉向集錄,《戰國策》(九思)。

3. 司馬遷，《史記》（藝文武英殿本及鼎文新校本）。

4. 班固，《漢書》（藝文虛受堂本、鼎文新校本）。

5. 范曄，《後漢書》（鼎文）。

6. 陳壽，《三國志》（鼎文）。

7. 魏收等，《魏書》（鼎文）。

8. 房玄齡等，《晉書》（鼎文）。

9. 魏徵等，《隋書》（鼎文）。

10. 王溥，《五代會要》（世界）。

11. 脫脫等，《宋史》（鼎文）。

12. 趙爾巽等，《清史稿》（鼎文）。

13. 司馬光，《資治通鑑》（洪氏）。

14. 鄭樵，《通志》（商務）。

15. 顧廷龍，《吳愙齋先生年譜》（《燕京學報》專號第十冊）。

16. 吳大澂愙齋，《愙齋自訂年譜》（《青鶴雜誌》第一卷 21、23 期，第二卷 3、5、7、9、11、13、15、17、19、21、23 期）。

17. 蔡可圜，《清代七百名人傳》（廣文）。

18. （不著撰者），《先秦史》（開明）。

19. 童書業，《春秋史》（開明）。

20. 丁山，《殷商氏族方國志》（大通）。

三、子　類

1. 尹知章注，《管子校正》（世界）。

2. 孫詒讓，《墨子閒詁》（藝文）。

3. 王先謙，《荀子集解》（藝文）。

4. 許維遹，《呂氏春秋集釋》（鼎文）。

四、集　類

1. 蕭統編，李善注，《文選》（藝文）。

2. 羅振玉，《羅雪堂先生全集》（文華）。

3. 王國維，《王觀堂先生全集》（文華）。

4. 董彥堂先生，《董作賓先生全集》（藝文）。

5. 吳大澂愙齋，《皇華紀程》（《殷禮在斯堂叢書》本）。

6. 吳大澂愙齋，《愙齋尺牘》（商務）。

7. 吳大澂愙齋，《吉林勘界紀》（《小方壺齋輿地叢抄》本）。

8. 徐珂，《清稗類鈔》（商務）。

9. 俞曲園（樾），《春在堂全集》（光緒三十五年刊本）。

10. 章太炎，《國學略說》（學藝）。

11. 繆荃孫，《續碑傳集》（文海）。

12. 黃季剛，《黃侃論學雜著》（學藝）。

13. 沈曾植，《海日樓雜叢》

14. 高師仲華，《高明文輯》（黎明）。

15. 劉節，《古史考存》（香港太平書局）。

16. 馬衡，《凡將齋金石叢稿》（明文）。

17. 屈萬里，《先秦文史資料考辨》（聯經）。

18. 周緯，《中國兵器史稿》（三聯）。

19. 劉葉秋，《中國字典史略》（漢京）。

五、甲骨文類

1. 劉鶚，《鐵雲藏龜》（藝文），（簡稱：藏）。

2. 孫詒讓，《名原》（光續三十一年自刻本）。

3. 羅振玉，《殷虛書契前編》（藝文），（簡稱：前）。

4. 羅振玉，《殷虛書契菁華》（北平富晉），（簡稱：菁）。

5. 羅振玉，《鐵雲藏龜之餘》（眉古叢編），（簡稱：餘）。

6. 羅振玉，《殷虛書契後編》（藝文），（簡稱：後）。

7. 王國維，《戩壽堂所藏殷虛文字》（藝文），（簡稱：戩）。

8. 明義士，《殷虛卜辭》（藝文），（簡稱：明）。

9. 唐蘭，《北京大學藏甲骨刻辭》（未刊），（簡稱：京）。

10. 葉玉森，《鐵雲藏龜拾遺》（香港），（簡稱：拾）。

11. 王國維，《定本觀堂集林》（世界），（簡稱：觀堂）。

12. 郭沫若，《卜辭通纂》（東京文求堂），（簡稱：卜）。

13. 吳其昌，《殷虛書契解詁》（藝文），（簡稱：解詁）。

14. 商承祚，《殷契佚存》（金陵大學），（簡稱：佚）。

15. 羅振玉，《殷虛書契續編》（藝文），（簡稱：續）。

16. 明義士，《柏根氏舊藏甲骨文字》（拓本），（簡稱：柏根）。

17. 孫海波，《甲骨文錄》（藝文），（簡稱：錄）。

18. 郭沫鼎，《殷契粹編》（大通），（簡稱：粹）。

19. 孫海波，《殷契遺珠》（上海中法文化出版委員會），（簡稱：珠）。

20. 李旦丘，《殷契摭佚》（來薰閣書店），（簡稱：摭）。

21. 胡厚宣，《甲骨六錄》（摹本），（簡稱：六）。

22. 董彥堂，《殷虛文字甲編》（中研院史語所），（簡稱：甲）。

23. 董彥堂，《殷虛文字乙編》（中研院史語所），（簡稱：乙）。

24. 李昱丘，《殷虛摭佚續編》（拓本），（簡稱：摭續）。

25. 郭若愚，《殷契拾掇》（來薰閣書店），（簡稱：掇）。

26. 胡厚宣，《戰後京津新獲甲骨錄》（拓本），（簡稱：京津）。

27. 董彥堂，《殷虛文字外編》（藝文），（簡稱：外）。

28. 羅振玉，《增訂殷虛書契考釋》（藝文），（簡稱：增考）。

29. 陳夢家，《殷虛卜辭綜述》（大通），（簡稱：綜述）。

30. 胡厚宣，《甲骨學商史論叢》（齊魯大學國研所石印本），（簡稱：商史論叢）。

31. 李孝定，《甲骨文集釋》（中研院史語所），（簡稱：集釋）。

32. 葉玉森，《殷虛書契前編集釋》（大東），（簡稱：前釋）。

33. 于省吾，《殷契駢枝》（藝文），（簡稱：駢枝）。

34. 于省吾，《殷契駢枝續編》（藝文），（簡稱：駢續）。

35. 于省吾，《殷契駢枝三編》（藝文），（簡稱：駢三）。

36. 唐蘭，《殷虛文字記》，（簡稱：文字記）。

37. 郭沫若，《甲骨文字研究》（上海大東），（簡稱：甲研）。

38. 唐蘭，《天壤閣甲骨文存考釋》（北平輔仁大學），（簡稱：天壤文釋）。

39. 張秉權，《殷虛文字丙編》（中研院史語所），（簡稱：丙）。

40. 島邦男，《殷虛卜辭研究》（鼎文）。

41. 孫海波，《校正甲骨文編》（上海中華）

42. 金祥恒，《續甲骨文編》（臺灣大學）

43. 嚴一萍，《栢根氏舊藏甲骨文字考釋》（藝文）

44. 于省吾，《甲骨文字釋林》（大通）

六、金石類

1. 呂大臨，《考古圖》（乾隆十七年亦政堂刻本），（簡稱：考古）。

2. 王黼，《博古圖錄》（寶古堂刻本），（簡稱：博古）。

3. 薛尚功，《歷代鐘鼎彝器款識法帖》（嘉慶二年阮氏刻本），（簡稱：款識）。

4. 王俅，《嘯堂集古錄》（涵芬樓影印），（簡稱：嘯堂）。

5. 阮元，《積古齋鐘鼎彝器款識法帖》（自刻本），（簡稱：積古）。

6. 吳榮光，《筠清館金文》（自刻本），（簡稱：筠清）。

7. 方濬益，《綴遺齋彝器款識考釋》（涵芬樓），（簡稱：綴遺）。

8. 吳大澂愙齋，《說文古籀補》（家刊本，藝文。乙未本，商務國學基本叢書），（簡稱：古籀補）。

9. 徐同柏，《從古堂款識學》（同文），（簡稱：從古）。

10. 吳式芬，《攈古錄金文》（樂天），（簡稱：攈古）。

11. 劉心源，《奇觚室吉金文述》（藝文），（簡稱：奇觚）。

12. 孫詒讓，《籀膏述林》（藝文孫籀廎先生集本），（簡稱：述林）。

13. 孫詒讓，《古籀餘論》（燕京大學），（簡稱：餘論）。

14. 吳大澂愙齋，《愙齋集古錄》（涵芬樓），（簡稱：愙齋）。

15. 吳大澂愙齋，《恆軒所見所藏吉金錄》（藝文），（簡稱：恆軒）。

16. 林義光，《文源》（1920 年印本）。

17. 丁佛言，《說文古籀補補》（藝文），（簡稱：古籀補補）。

18. 高田忠周，《古籀篇》（日本古籀篇刊行會）。

19. 吳寶煒，《毛公鼎文正註》（自印）。

20. 郭沫若，《兩周金文辭大系考釋》（北京科學出版社），（簡稱：兩考）。

21. 郭沫若，《金文叢考》（北京人民出版社），（簡稱：金考）。

22. 柯昌濟，《韡華閣集古錄跋尾》（香港崇基），（簡稱：韡華）。

23. 張之綱，《毛公鼎斠釋》（上海排印本），（簡稱：斠釋）。

24. 強運開，《說文古籀三補》（商務、藝文），（簡稱：古籀三補）。

25. 容庚，《商周彝器通考》（燕京大學），（簡稱：通考）。

26. 周名輝，《新定說文古籀考》（上海開明），（簡稱：古籀考）。

27. 楊樹達，《積微居小學金石論叢》（大通），（簡稱：金石）。

28. 于省吾，《商周金文錄遺》（明倫），（簡稱：錄遺）。

29. 楊樹達，《積微居金文說、積微居金文餘說》（北京科學出版社），（簡稱：積微）。

30. 容庚、張維持，《殷周青銅器通論》（北京科學出版社）。

31. 于省吾，《雙劍誃吉金文選》（藝文），（簡稱：雙選）。

32. 郭沫若，《殷周青銅器銘文研究》（上海大東），（簡稱：青研）。

33. 朱芳圃，《殷周文字釋叢》（學生），（簡稱：釋叢）。

34. 馬敘倫，《讀金器刻詞》（北京中華），（簡稱：刻詞）。

35. 王夢旦，《金文論文選》第一輯（香港），（簡稱：金選）。

36. 李棪，《金文選譯》第一輯（香港龍門）。

37. 楊樹達，《積微居小學述林》（大通），（簡稱：小學）。

38. 白川靜，《金文通釋》（《白鶴美術館誌》第 1-53 輯）。

39. 白川靜，《說文新義》（白鶴美術館）。

40. 加藤常賢，《漢字之起源》（東京角川書店）。

41. 王國維，《國朝金文著錄表》（《王靜安先生遺書》冊 28 至 30），（簡稱：清表）。

42. 王國維，《三代秦漢金文著錄表》（藝文），（簡稱：三代表）。

43. 福開森，《歷代著錄吉金目》（商務）。

44. 周法高，《三代吉金文存著錄表》（自印）。

45. 孫稚雛，《金文著錄簡目》（北京中華書局）。

46. 嚴一萍，《金文總集》（藝文）。

47. 羅振玉，《三代吉金文存》（明倫），（簡稱：三代）。

48. 羅福頤，《三代吉金文存釋文》（遠流），（簡稱：三代釋文）。

49. 周法高，《三代吉金文存補》（簡稱：三代補）。

50. 容庚，《金文正續編》（樂天）。

51. 周法高，《金文詁林》（香港中文大學），（簡稱：金詁）。

52. 周法高、李孝定、張日昇，《金文詁林附錄》（香港中文大學），（簡稱：金詁附錄）。

53. 周法高，《金文詁林補》（中研院史語所），（簡稱：金詁補）。

54. 李孝定，《金文詁林讀後記》（中研院史語所）。

55. 徐中舒，《漢語古文字字形表》（文史哲）。

56. 高明，《古文字類編》（北京中華）。

57. 朱劍心，《金石學》（商務）。

58. 張克明，《殷周青銅器求真》（中華叢書編纂委員會）。

59. 張光裕，《偽作先秦彝器銘文疏要》（撰者油印）。

60. 羅福頤，《商周秦漢銅器辨偽錄》（香港中文大學）。

61. 張光直，《商周青銅器與銘文的綜合研究》（中研院史語所專刊）。

62. 田士懿，《金文著述名家考略》（山東省立圖書館排印本）。

63. 陳介祺，《萬印樓藏印》，（簡稱：萬）。

64. 《古宮博物院藏印》，（簡稱：故）。

65. 郭裕之，《續齊魯古印攈》，（簡稱：魯）。

66. 羅振玉，《赫連泉館古印存》，（簡稱：連）。

67. 吳樸摹刻，《古璽彙存》，（簡稱：彙）。

68. 劉鶚，《鐵雲藏印》，（簡稱：鐵）。

69. 高文翰，《印郵》，（簡稱：郵）。

70. 吳大澂，《十六金符齋印存》，（簡稱：符）。

71. 黃濬，《尊古齋古璽集林初、二集》，（簡稱：集）。

72. 羅福頤，《待時軒印存初集、續集》，（簡稱：待）。

73. 趙允中，《印揭》，（簡稱：揭）。

74. 陳介祺,《陳簠齋手拓古印集》四冊,(簡稱:陳)。

75. 《中國歷史博物館藏印》,(簡稱:歷)。

76. 吳式芬,《雙虞壺印存》,(簡稱:雙)。

77. 王光烈,《昔則盧古璽印存》初二三集,(簡稱:昔)。

78. 黃濬,《衡齋藏印》,(簡稱:衡)。

79. 黃吉圉,《微賞齋秦漢古銅印存》,(簡稱:微)。

80. 王石經等,《古印偶存》,(簡稱:古)。

81. 張修府,《碧葭精舍印存》,(簡稱:碧)。

82. 劉仲山,《擷華齋古印譜》,(簡稱:花)。

83. 黃濬,《尊古齋印存》,(簡稱:尊)。

84. 徐茂齋,《徐茂齋藏印正續集》,(簡稱:徐)。

85. 羅福頤,《古璽彙編》(文物出版社)。

86. 羅福頤,《古璽文編》(文物出版社)。

87. 李佐賢,《古泉匯》(《石泉書屋全集》冊 17 至 32)。

88. 李佐賢、鮑康,《續泉匯》(石泉書屋全集冊 33 至 36)。

89. 丁福保,《古錢大辭典》(世界)。

90. 丁福保,《歷代古錢圖說》(方舟)。

91. 奧平昌洪,《東亞泉志》(日本岩波書局),(簡稱:東亞)。

92. 張光裕,《先秦泉幣文字辨疑》(臺大文學院)。

93. 郭沫若,《石鼓文研究》(湖南長沙商務)。

94. 強運開,《石鼓釋文》(藝文)。

95. 那志良,《石鼓通考》(中國叢書委員會)。

96. 馬衡,《石鼓文爲秦刻石考》(藝文)。

97. 張國淦,《歷代石經考》(鼎文)。

98. 吳維孝,《新出漢魏石經考》(上海文瑞樓影印本)。

99. 呂振端,《魏三體石經殘字集證》(學海)。

100. 浦心畬藏,《古匋搨本》,(簡稱:溥)。

101. 陳介祺,《簠齋藏匋》(中研院藏 72 冊善本書)。

102. 孫獅白編,《季木藏匋(周季木藏匋)》(上海精華印刷公司),(簡稱:周)。

103. 劉鶚,《鐵雲藏陶》(清光緒間刊本),(簡稱:鐵)。

104. 謝方,《雲水山人匋文粹》,(簡稱:雲)。

105. 《善齋陶文拓片》,(簡稱:善)。

106. 顧廷龍,《古陶文㬊錄》(文海),(簡稱:㬊錄)。

107. 金祥恆，《陶文編》（藝文）。

108. （不著撰者），《侯馬盟書》（里仁）。

109. 許學仁，《先秦楚文字研究》（自印本・師大論文）。

七、期刊論文

1. 潘重規，〈史籀篇非周宣王時太史籀所作辨〉（《新亞學報》五卷 1 期）。

2. 潘重規，〈敦煌唐寫本尚書釋文殘卷跋〉（《學術季刊》三卷 3 期）。

3. 馬國權，〈金文字典述評〉（1962 年 11 月）（《中華文史論叢》1980-4。

4. 嚴一萍，〈釋天〉（《中國文字》五冊頁 473）。

5. 吳其昌，〈金文名象疏證兵器篇〉（《武大文哲季刊》五卷 3 期頁 498）。

6. 林澐，〈說王〉（《考古》1965 第 6 期）。

7. 吳鎮烽・雒忠如，〈陝西省扶風縣強家村出土的西周銅器師觀鼎釋文〉（《文物》175 年 8 期 57 頁）。

8. 戴家祥，〈墻盤銘文通釋〉（《華東師範學院校刊》）。

9. 李學勤，〈論史墻盤及其意義「夙夜不墜」〉（《考古》1978 年 2 期 156 頁）。

10. 張亞初，〈甲骨金文零釋〉（《古文字研究》第六輯）。

11. 金祥恆，〈釋又𠂤𠇍〉（《中國文字》七冊頁 773）。

12. 陳夢家，〈西週銅器斷代・師晨鼎〉（《金選》頁 303）。

13. 容庚，〈對金文編的幾點意見〉（《考古》1959 年）。

14. 白川靜，〈釋史〉（《甲金文學論叢》初集頁 1 至 66）。

15. 魯實先，〈殷契新詮之三〉（《幼獅學報》四卷 1、2 期）。

16. 戴家祥，〈畀字說〉（《中山大學歷史週刊》11 集 125-128 期）。

17. 唐蘭，〈略論西周微史家族窖藏銅器群的重要意義・史墻盤「𩵋𩵋照亡無畀斁」〉（《文物》1978 年 3 期頁 24）。

18. 董彥堂，〈被拋棄了的嬰孩〉（《中國文學》38 冊頁 4183）。

19. 田倩君，〈說棄〉（《中國文字》13 冊頁 1477）。

20. 田倩君，〈釋朝〉（《中國文字》7 冊頁 747）。

21. 邵君樸，〈釋家〉（《中央研究院歷史語言研究所集刊》第五本二分頁 279 至 281）（簡稱《集刊》）。

22. 楊寬，〈釋臣和鬲〉（《考古》1963 第 12 期頁 668 至 669）。

23. 嚴一萍，〈釋文〉（《中國文字》9 冊頁 1）。

24. 唐蘭，〈西周銅器斷代中的康宮問題〉（《考古學報》29 冊頁 23 至 24）。

25. 李濟，〈跪坐蹲居與箕踞〉（《集刊》第二四本頁 290 至 293）。

26. 黑光・朱捷元，〈陝西長安灃西出土的趙盂〉（《考古》1977 年 1 期頁 72）。

27. 馬徽廎，〈彝銘中所加於器銘上的形容形字〉（《中國文字》43 冊頁 4 至 5）。

28. 張光裕，〈拜頣首釋義〉（《中國文字》28 冊頁 1 至 4）。

29. 賀浦金斯，〈古文字裡所見的人形〉（《中山》6 冊頁 4942 至 4945）。

30. 唐蘭，〈弓形器（銅弓祕）用途考〉（《考古》1973 年第 3 期頁 179 至 181）。

31. 徐中舒，〈金文嘏辭釋例〉（《集刊》六·一，頁 1 至 44）。

32. 裘錫圭，〈史墻盤銘解釋受（授）天子𪊨（綰）令（命）厚福豐年〉（《文物》1978 年第 3 期頁 118）。

33. 徐中舒，〈說尊彝〉（《集刊》第七本一分頁 75 至 76）。

34. 金祥恒，〈釋車〉（《中國文字》4 冊頁 415）。

35. 譚介甫，〈西周舀器銘文綜合研究〉（《中華》3 輯頁 72）。

36. 唐蘭，〈從河南鄭州出土的商代前朝青銅器談起〉（《文物》1973 年 7 期頁 6）。

37. 于省吾，〈釋黽、黿〉（《古文字研究》第七輯）。

38. 張秉權，〈卜辭甹定化說〉（《集刊》二九本頁 777 至 779）。

39. 徐中舒，〈耒耜考〉（《集刊》二卷 1 期頁 12 至 13）。

40. 吳匡，〈說𤇢尊〉（《大陸雜誌》第六三卷第 2 期頁 4）。

41. 于省吾，〈鄂君啓節考釋〉（《考古》1963 第 8 期頁 445）。

42. 于省吾，〈拉公蒙戈辨偽〉（《文物》1960 年第 3 期）。

43. 林澐，〈對早期銅器銘文的幾點看法〉（《古文字研究》第五輯）。

44. 鄭師許，〈吉金彝器之辨偽方法〉（《學藝世界》十二卷 6 至 4 期）。

45. 商承祚，〈古代彝器偽字研究〉（《金陵學報》三卷 2 期）。

46. 商承祚，〈古代彝器偽字研究補篇〉（《考古學社社刊》5 期）。

47. 徐中舒，〈論古銅器之鑑別〉（《考古學社社刊》4 期）。